아기부처 엄마보살

맑은소리
맑은나라

아기부처

날마다 관세음보살을 부르는 야단법석 육아 일기

엄마보살

축사

마야부인이 쓴 부처님의 육아일기입니다.

불심으로 가득한 조민기 작가의 육아일기는
또 한 분의 부처님을 탄생시키기 위해
삼라만상의 이치를 깨닫고,
불도의 길을 나서는 수행자의 모습이 담겼습니다.

세상에는 수많은 인연이 있고
우리는 무수히 많은 인연을 맺으며 살아갑니다.
그중에서도 부모와 자식의 인연이야말로
무엇으로도 표현할 수 없는 지중한 인연이 아닐까
생각합니다.

귀인상봉을 염원하며 기도하는 것은
인연의 소중함을 알고 발원하는 것입니다.

조민기 작가의 육아일기는
아이를 기다리는 엄마의 마음이 곧 기도하는 마음이요,
아이를 키우는 엄마의 마음이 곧 수행의 길임을
알게 됩니다.

전지적 작가 시점의 육아일기를 읽는 내내
지극한 정성을 배우게 합니다.
가족을 부처님 모시듯 살아가는 정산이
어머니의 불심을 응원합니다.

청량사 회주 **지 현**
두 손 모음

프롤로그

"결혼하고자 한다면 기도를 열심히 해야 합니다.

자식을 낳고자 한다면 기도를 더 열심히 해야 합니다.

지금 좋은 사람이 곁에 없어도, 지금 결혼할 사람이 없어도 기도해야 합니다.

장차 어떤 좋은 사람을 만나고 싶다는 기도가 아니라 그 사람에게 내가 어떤 좋은 사람이 되어주고 싶은가를 떠올리며 기도해야 합니다.

인연이 아직 오지 않았을 때, 어떤 남편이, 어떤 아내가 되어야겠다는 기도를 해야 합니다.

결혼하지 않았을 때, 아름다운 인연으로 자식이 내게 오기를 간절하게 기도해야 합니다.

자식이 생긴 후에 기도하는 것이 아니라 자식이 저 멀리 있을 때 간절한 마음으로 불러야 합니다. 그것이 바로 기도입니다.

이렇게 기도한다면 반드시 좋은 사람을 만나 서로 양보하고 배려하며 행복한 결혼생활을 하고 훌륭한 자식을 낳을 수밖에 없습니다."

미혼의 청년 불자였던 어느 날, 수계식에서 법사 스님은 우리를 향해 간절하게 말씀하셨다. 그날의 법문이 얼마나 간절했던지 남편을 만나 결혼하고, 아이를 낳아 키우는 지금까지도 기억이 생생하다. 배우자를 만나기 위한 기도는 하다 보면 나도 모르게 취향, 외모, 재력, 학력, 성품, 부모 등등 많은 부분을 떠올리게 되곤 했다. 하지만 아이를 위한 기도는 세속의 욕심을 초월한 거룩한 마음이 절로 생겼다. 나에게 이런 마음이 있다니! 신기하고 놀라운 경험이었다.

마침내 아이를 품었을 때, 나는 그 좋아하던 매운 떡볶이도, 시원한 맥주도, 얼음이 가득 담긴 콜라도 단박에 끊었고 1년이 넘도록 입에도 대지 않았다. 욕망을 가뿐히 이겨낸 나는 위대한 승리자였다. 그렇다. 엄마가 된다는 것은 위대하고 거룩한 일이다. 한 생명을 오롯이 품었다가 세상에 내어놓는 일인데 어떻게 놀랍지 않을 수 있을까. 그런데 엄마와 한 몸이던 아이가 세상 밖에 나오면 더 놀라운 세계가 펼쳐진다. 아이와 함께하는 시간마다,

분마다, 초마다 나도 모르는 나의 인격이 화수분처럼 튀어나온다.

고양이 한 마리를 키우면 부처요, 두 마리를 키우면 보살이라는 이야기가 있다. 비슷한 표현으로 아이가 한 명이면 부처요, 두 명이면 보살이라고도 한다. 아이가 없을 때는 이 말을 이해하지 못했다. 아니, 재미있는 농담이라고 생각했다. 하지만 아이를 키우는 지금, 부처와 보살의 경계를 쉴 새 없이 넘나드는 삼천대천세계가 바로 내 눈앞에 있음을 안다.

이 글은 가정이라는 깊고도 오묘한 사바세계에서 오늘도 보살과 보살 마하살의 경계에 까치발을 딛고 아찔하고 치열하게 정진하는 '엄마'라는 이름의 수행자와 엄마를 보살의 길로 이끄는 위대한 스승이자 때로는 마라의 모습으로 매운 채찍질을 아끼지 않는, 아기 부처의 이야기다.

조 민 기

하나 _____ 야단법석 육아 일기

둘 _____ 동자승 엄마 일기

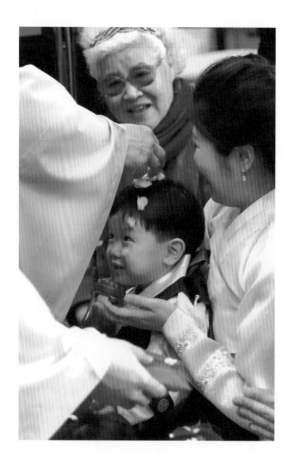

하나 ———— 야단법석 육아
일기

너는
내 운명

2017년 2월 10일 오전 9시, 아이가 세상에 나왔다. 여섯 마리 용이 따뜻한 물과 차가운 물을 차례로 뿜어 아이를 목욕시키는 대신 세상 든든한 수간호사 선생님이 아이를 단단하게 싸서 품에 안았다. 나는 세상이 온통 내 것 같은, 온 세상이 나에게만 가피를 내려주는 것 같은 행복함 속에서 기쁨의 눈물을 흘렸다. 3박 4일의 입원 기간을 거쳐 바로 위층에 있는 산후조리원에서 2주의 시간을 보내며 몸을 회복했다. 처음에는 침대에서 화장실까지 단 몇 걸음을 걷는 동안 식은땀이 줄줄 흘렀으나 아기를 생각하면 빙그레 미소가 나왔다.

느린 듯 빠르게 흐르는 시간 속에서 가족들이나 친구들이 조리원을 찾아오면 신생아실에 있는 아이를 보러 갔다. 나의 작은 아기는 가장 얌전하고, 잠도 잘 자고, 하품도 제일 예쁘게 하는 것 같아 절로 어깨가 으쓱해졌다. 꼬물거리는 아이를 물끄러미 보고만 있어도 무한한 긍정의 에너지가 솟구쳤다. 누가 시킨 것도 아

닌데 나는 하늘 위 하늘 아래 최고로 훌륭한 엄마가 되겠다고 다짐했다. 아이를 재워본 적도, 기저귀를 제대로 갈아본 적도, 목욕을 시켜본 적도 없으면서 두려운 것이 없었다.

3kg이 조금 넘는 가냘프고 작은 아기가 내가 가진 온 우주의 절대자가 되기까지 걸린 시간은 정말 눈 깜짝할 찰나였다. 집으로 돌아와 먼지 한 톨 없는 쾌적한 방에 놓인 커다란 침대에 누운 아이는 자꾸 칭얼거렸다. 아이가 칭얼거릴 때마다 머릿속은 백지장이 되었고 등에서는 식은땀이 났다. 아이의 울음소리는 나의 잘못과 부족함을 알리는 사이렌 같았고 아이가 울 때마다 같이 울고 싶어졌다. 간신히 아이를 조심스럽게 눕힌 뒤 살그머니 기저귀를 열어보니 오줌이 빵빵하게 들어있었다. 온 신경을 손끝에 담아 조심조심 기저귀를 갈고 나자 목에 담이 왔다. 기저귀를 갈다가 온 담이 풀리기도 전, 팔에는 쥐가 나고 어깨는 부들부들 떨리고 다리는 후들거리는 시간이 폭풍처럼 밀려왔다. 젖을 물릴 때도, 분유를 먹일 때도, 트림시킬 때도, 잠을 재울 때도 한시도 긴장을 풀수가 없었다. 아이가 곤히 잠들어있을 때는 괜한 불안감에 아이에게서 눈을 뗄 수 없었고, 아이가 하품하거나 고개만 갸웃거려도 용수철처럼 벌떡 일어나 기저귀를 살피고 시간마다 아이가 먹는 양을 기록했다.

비몽사몽 중에도 아이가 열심히 먹고 새근새근 자는 모습을 보며 피곤함을 잊고 사랑을 충전했다. 나의 정신력이 그렇게 강인하다는 것을, 나의 인내심이 그토록 대단하다는 것을 처음으로 알았다. 하지만 정신과 달리 몸은 정직했다. 잠을 못 잔다는 것이 얼마나 사람을 피폐하게 만드는지 실감했다. 날마다 수마와 전쟁을 치르며 때로는 수마의 항복을 받기도 했고 때로는 15분의 쪽잠 속에서 삼매에 들기도 했다. 하지만 눈을 뜰 때마다 아이의 사랑스러움에 항복한 나는 행복한 패자였다. 모유 수유를 하느라 온몸이 결렸고 등은 절로 굽어졌다. 뒤틀어진 몸은 내가 좋은 엄마라는 자랑스러운 훈장인 것 같았다.

잠투정하는 아이를 등에 업고 '고향의 봄' 멜로디에 맞춰 자장가를 부르듯 관세음보살을 부르고 또 불렀던 밤을 떠올리면 지금도 마음이 아득해진다. 그렇게 고달픈 행복에 겨운 밤을 수없이 지새우면서 나는 비로소 알게 되었다. 관세음보살님은 멀리, 높이 계신 것이 아니라 바로 내가 업고 있는 아이가 관세음보살이요, 아이를 업고 있는 내가 관세음보살로 향하는 길에 이미 들어섰다는 것을.

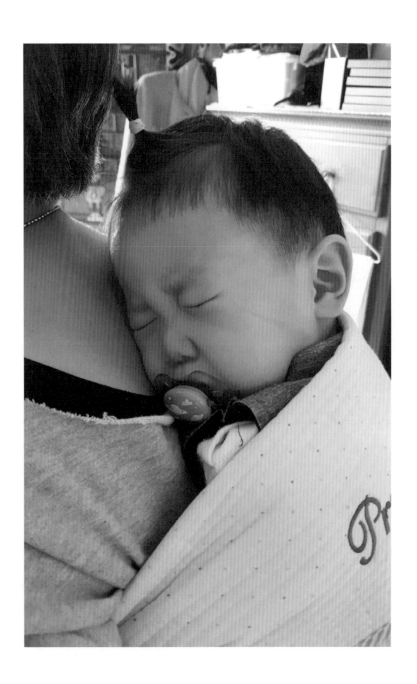

아기부처

가슴앓이와
장좌불와

　　아이를 키우면서 알게 된 것은 '먹고 자고'의 위대함이다. 잘
먹고 잘 잔다는 것은 실로 대단한 일이었다. '먹고 자고'라는 말
은 빈둥거리는 모양새를 에둘러 비난하는 관용적 표현이라 생각
했던 나는 먹고 자고의 위대함 앞에 무릎을 꿇었다. 먹고 잔다는
것은 인간을 포함한 모든 생명체에게 있어서 생존을 위한 필수행
위였다. 이 당연한 사실을 나는 아이가 태어난 후에야 비로소 완
전히 알게 되었다.

　　아이를 먹이는 것은 그리 만만한 일이 아니었다. 모유를 먹이
는 시간은 전쟁을 치르는 것 같았다. 아이는 젖이 나오지 않는다
고 짜증을 내며 울었고 나는 아이가 물지 않아 퉁퉁 부은, 식은 젖
을 짜내며 울었다. 젖몸살이었다. 하지만 아무리 아파도 약을 먹
을 수가 없었다. 엄마가 먹는 음식이 아이에게 고스란히 전달된다
는 생각 때문에 그저 버텼다. 수많은 시도와 좌절과 노력 끝에 아
이에게 모유를 먹이게 되었을 때 비로소 안도할 수 있었다. 모든

엄마는 바보라는 말은 정말 옳았다. 나는 모유를 배불리 먹고 만족스럽게 잠든 아이를 보면서 그간의 고통과 괴로움을 순식간에 잊어버렸다. 육아의 많은 순간이 그랬다. 먹이는 것만큼 중요한 것이 바로 잠이다. 아이를 키우면서 나는 잠이 인생에서 얼마나 중요한지 온몸으로 알아갔다. 밤에 잠들었다가 아침에 일어나는 것은 정말이지 기적에 가까운 굉장한 일이었다. 안고 업고 어르고 달래지 않았는데 저절로 잠을 잔다는 아기는 성인의 반열에 올려드려야 한다고 생각했다. 등이 바닥에 닿을라치면 곧바로 칭얼거리는 아기는 정말 장좌불와의 달인이었다.

육아 전문가들은 말한다. 아이가 자는 시간에 함께 자고, 아이가 깨어있는 시간에는 아이와 충실하게 놀아주라고. 구구절절 옳은 말이다. 하지만 현실은 반대다. 엄마는 아이가 자는 시간만을 기다린다. 아이가 낮잠을 잘 때는 밀린 집안일을 하고, 아이가 밤잠을 자는 시간은 하루 중 유일하게 아이에게 시선을 맞추지 않아도 되는 시간이다. 아이가 밤에 잠드는 시간을 '육아 퇴근'이라고 부르는 이유다.

엄마가 되고 나서야 나는 다람쥐 쳇바퀴 돌 듯 반복되는 먹고 자는 단순함 속에 온 우주가 담겨 있음을 알았다. 정성을 다해 잘 먹였을 때, 아이는 잠도 잘 잤다. 정성을 다해 잘 재웠을 때, 아이는 잘 먹었다. 잘 먹고 잘 잤을 때 아이는 무탈하게 무럭무럭 자라

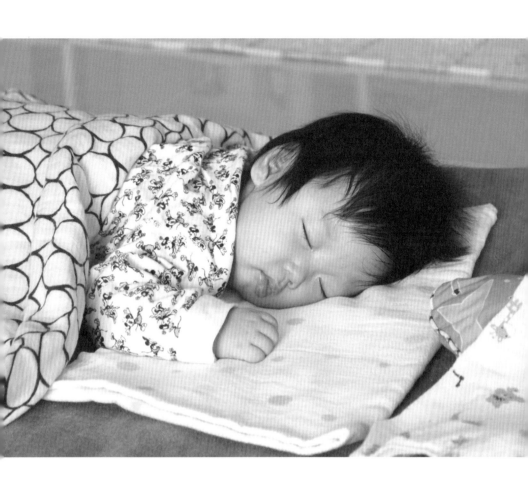

났다. 어느 것 하나가 조금이라도 소홀하면 아이는 탈이 났다. 무
섭도록 정확하고 놀라운 인과였다.

응가
전쟁

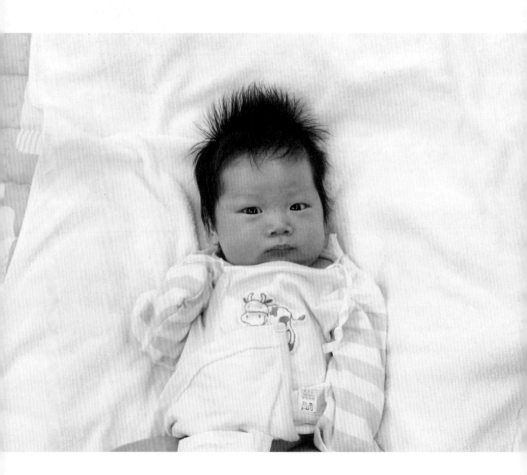

아이는 작은 우주이자 거대한 수수께끼였다. 아이는 그 자체로 하나의 온전한 우주였으나 나의 우주는 수많은 물음표에 대한 답을 찾느라 혼돈이었다. 젖몸살이 끝나고 모유를 제대로 먹기 시작하면서 이제는 아기의 응가에 온통 신경이 집중되었다.

아기와 심장을 맞대고, 눈을 맞추는 시간은 황홀했다. 최선을 다해 안간힘을 쓰며 입을 오물거리는 아기의 모습은 천년 빙산을 녹일 정도로 아름다웠다. 그런데 모유만 먹기 시작하면서 사흘이 지나도록 응가를 하지 않았다. 아이의 체온과 배변은 곧 건강의 척도였기에 나는 점점 예민해졌다. 아이가 먹고 싸는 양과 시간과 횟수를 빠짐없이 기록하기 위해 눈을 부릅떴다. 이런 노력으로 공부했다면 진작 세계의 석학과 어깨를 나란히 했을 것이라는 생각이 들었다.

그러던 어느 날, 운명의 그 날이 왔다. 모유만 먹기 시작한 지 아흐레째 되던 날이었다. 아기는 기저귀가 넘치도록 응가를 했다. 기저귀를 풀고 난 후에도 화산에서 뿜어져 나오는 용암 같은 아기의 응가를 보면서 나는 그렁그렁한 눈으로 손뼉을 치다가 그대로 두 손을 모으고 합장하며 하느님과 부처님께 감사 기도를 드렸다. 그때는 아이의 응가가 나에게는 부처님이고 하느님이었다.

아기부처

엄마보살

아기부처

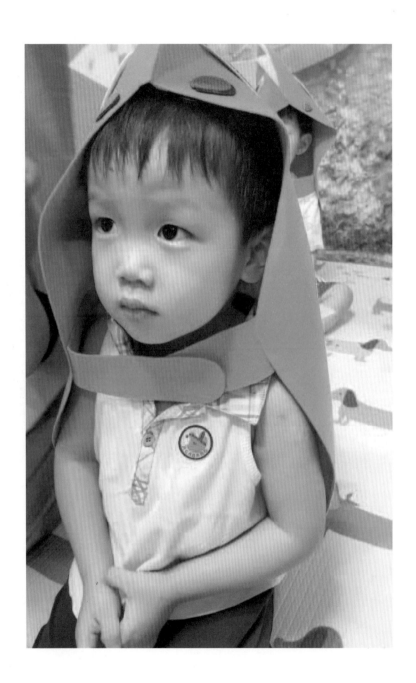

아기부처

코로나 시대의
육아

2019년, 갑자기 세상은 요란스럽게 고요해졌다. 코로나 펜데 믹의 시작이었다. 매일 아침 뉴스로 확진자 숫자를 확인하고, '가 급적 집 밖으로 나가는 것을 삼가라' 는 문자를 받으며 하루를 시 작했다. 시간이 아무리 흘러도 코로나는 사라지지 않았고, 우리는 그저 참고 견디며 적응해야 했다. 코로나가 빼앗아버린 일상의 소 중함 중에는 '좋은 사람들과 즐거운 만남' 도 있고, '사랑하는 사람 들과 떨어져 보내는 시간' 도 있다. 현관문을 닫아걸고 온 가족이 오순도순 얼굴을 맞대고 지내는 시간이 기약 없이 계속되니 마스 크를 쓰지 않아도 숨이 턱턱 막혀오곤 했다. 가족 간의 거리가 좁 혀질수록 나는 애써 외면했던 내면을 강제로 마주 보아야 했다.

내가 내면의 고통과 싸우는 동안 지구는 지독한 몸살을 앓았 다. 지구의 몸살은 혹독한 날씨로 드러났다. 봄이 왔다는 소식이 전해진 바로 다음 날, 함박눈이 쏟아지고 한파주의보가 내렸다. 날씨가 널을 뛰는 중에도 밥을 하고, 먹고 먹이고 치우기는 반복되었다.

아이가 주는 행복은 상상해본 적도 없는 기쁨이다. 하지만 그 기쁨이 혼자만의 시간을 갖고 싶다는 절실한 마음을 대신해줄 수는 없다. 엄마와 아이도 서로의 거리를 지킬 때, 그 거리가 따뜻한 사랑으로 채워진다. 계속 바짝 붙어서 지내다 보면 따뜻했던 사랑은 부글거리는 용암으로 바뀌고 마는 것이다. 어린이집에서 오랜 시간 마스크를 써야 하는데도 싫다는 소리 한번 없던 아이가 어느 날, 답답한 얼굴로 발을 구르며 항의한다.

"엄마, 코로나가 정말 미워."
"엄마, 코로나 바이러스가 없어지면 마스크 안 해고 나가서 신나게 놀래."
"엄마, 그런데 코로나 바이러스는 왜 이렇게 안 없어져!"

나는 엄마이자 어른으로 마스크 없는 어린 시절을 보냈던 것이 아이에게, 아이들에게 미안해졌다. 다시 집이 그리워지고 밥이 그리워지고 집밥이 그리워지는 일상이 돌아오길 간절히 기도한다. 가족 간의 거리가 적당히 벌어지기를 기도한다. 벌어진 그 사이를 다시 따뜻한 사랑으로 채우기 위해 노력하는 그런 평범한 일상이 돌아오길 두 손 모아 기도한다.

엄마보살

밥상
이몽

우리는 늘 엄마의 밥을 그리움으로 표현한다. 함께 모여서 밥 먹는 시간이 쌓이는 만큼 정도 쌓인다고 한다. 하지만 날마다 밥을 하고 차리고 먹이고 치우면서 사람이란 과연 밥을 먹기 위해 사는 것인지, 밥을 하기 위해 사는 것인지 헷갈려진다. 밥 때문에 정이 뚝뚝 떨어지고 밥이 보약이 아니라 밥 때문에 보약을 먹어야 할 지경이다.

쌀을 밥솥에 넣기도 전부터 오늘은 아이가 밥 먹는데 얼마나 시간이 걸릴까, TV를 틀어주지 않고 밥을 먹일 수 있을까 근심이 차오른다. 언제나 그렇듯 아이는 1시간이 넘게 밥을 먹고, 결국 중간에 식탁을 이탈하여 TV 앞에 앉는다. 아이를 다시 식탁에 데려올 것을 깔끔하게 포기한 나는 식탁과 TV 앞을 오가며 아이에게 밥을 먹인다. 어느 정도 배가 부른 아이는 점차 밥 먹는 속도가 느려진다.

자식 입에 밥이 들어가는 것만 보아도 배 부르다는 말이 있다. 맞는 말이다. 그런데 내 자식이 밥을 입에 넣고 안 씹고 안 삼키고 장난치고 TV에 시선을 고정하는 것을 지켜보는 것은 인내심과의 진검승부다. 이것을 끝까지 참아내면 부처나 보살이 될 수 있을 것 같다. 하지만 참고 참다가 끝내 화내는 마음을 일으키기 때문에 중생을 벗어나지 못하는 것이리라.

고운 말
미운 말

아이가 처음 옹알이할 때, 그 앙증맞은 입술에서 나오는 모든 소리가 가릉빈가의 노래 같았다. '하암' 하는 하품 소리에 고막이 호강하고 하루의 피로가 녹아내렸다. 아이가 처음 나를 '음마' 라고 부른 날, 밤새 출렁이는 감동 속에서 잠을 이루지 못했다. 그런데 아이가 제대로 말을 하기 시작하자 그때부터는 쏟아지는 질문과 반복되는 부름에 두통이 생겼고 심지어 환청까지 들려왔다. 아이가 싱긋 웃으며 엄마를 부르면 두려움에 가슴이 두근거렸다. 사람의 마음이란 어째서 이토록 간사한 것일까?

반년 먼저 엄마가 된 친구는 어느 날 정신과 상담을 받을까 고민 중이라고 고백했다. 깜짝 놀라 이유를 묻자 아이와 함께하는 대부분의 시간 동안, '엄마' '왜' '싫어' 소리를 너무 많이 듣다 보니 스트레스가 심하다는 것이었다. 재미 삼아 '왜?'를 하는 아이를 보면서 솟구치는 짜증과 분노를 넘어 우울증이 올 것 같다고 했다. 친구뿐이 아니었다. 언니는 종일 '싫어'를 입에 달고 지내다가 잠꼬대로도 '싫어 싫어'를 중얼거리는 딸을 보면서 인내심이 바닥났다고 했고 올케는 무슨 말을 해도 '아니야'로 대답을 통일해버린 아들 때문에 돌아버릴 것 같다고 했다.

요약하자면 아이가 말을 시작하면 '왜' '싫어' '아니야'를 끝없이 들어야 한다는 것이 육아 선배들의 공통된 경험이었다. 나는 그들이 얼마나 참된 진실을 알려준 것인지, 얼마나 주옥같은 조언을 해준 것인지 '내' 아이의 말문이 터지기 전에는 알지 못했다.

아이는 말이 늦은 편이었다. 말귀는 다 알아듣고, 의사 표현도 확실한데 말만 늦었다. 또래 아이들이 종알거리는 것을 볼 때면 부러움을 감출 수 없었다. 그로부터 얼마 지나지 않아 아이가 갑자기 말을 시작했다. 오래 기다린 만큼 나는 감격했고, 자연의 순리대로 나는 '왜' '싫어' '아니야', 이 세 단어의 융단폭격에 시달렸다. '왜' '싫어' '아니야'를 '나무아미타불' '관세음보살' '지장보살마하살'의 명호로 듣겠다던 계획을 꺼내볼 정신조차 없었다. 어느 날, 나는 헤비급 세계챔피언이었던 마이크 타이슨의 명언을 가슴에 새기게 되었다.

"누구나 그럴싸한 계획을 가지고 있다. 얻어맞기 전까진."

엄마보살

언어의
마술사

아이의 말은 착실하게 성장했고 아주 쉬운 말로 엄청난 감동을 주었다. 매일 반복되는 사소한 일상에서 아이는 문득문득 자신의 감정을 솔직하게 표현했다. 아이의 말에 담긴 감정이 순도 100%의 진심이라는 것을 알기에, 말은 감동이 되었다.

"엄마, 예쁘다. 이 옷 입으니까 정말 예뻐."
"엄마, 맛있다. 역시 엄마 요리가 최고라니까!"
"너무 맛있어서 멈출 수가 없어. 그래서 내가 대답을 못 한 거야."
"엄마를 사랑해니까 그렇지. 내가 엄마를 사랑하는 거야."

아이는 엄마의 옷차림이 바뀐 것을 가장 먼저 알아차렸고, 맨밥을 김에 말은 소박한 밥상도 온 힘을 다해 칭찬해주었다. 좋아하는 반찬을 먹을 때, 좋아하는 TV 프로그램을 틀어줄 때, 보리차에 작은 얼음을 띄워줄 때 고맙고 행복한 순간의 감정을 솔직하게 말로 전하는 아이를 보면서 반성의 마음이 들었다. 아이를 통해 고운 말, 예쁜 말은 정말로 굉장한 힘을 가지고 있다는 것을 매일 매일 경험한다. 아이를 통해 미운 말, 싫은 말이 얼마나 듣기 괴롭고 감정이 상하는 것인지 매일매일 확인한다.

진심은 아주 쉬운 단어로도 충분히 전달할 수 있다. 가슴을 울리는 훌륭한 스승들의 가르침이 실은 매우 단순한 진리임을 아이의 말을 통해 깨닫는다. 말은 이처럼 쉽고 이처럼 어렵다. 말처럼 어려운 것도 없고 말처럼 쉬운 것도 없다. 아이를 키우며 아이처럼 말하는 것을 배운다. 잡다한 복잡함을 비우고 버리며 아이처럼 생각하는 것을 배운다.

아기부처

엄마보살

아기부처

텃밭에서
일체유심조

작은 텃밭을 분양받았다. 좀처럼 끝나지 않는 코로나로 인해 답답한 나날이 길어지면서 생각해낸 것이 주말농장이었다. 텃밭을 분양받아서 작은 모종이라도 심으면서 외출도 하고, 놀이도 하고, 내 손으로 기른 식물이 자라는 과정을 지켜보는 기쁨을 아이와 함께하고 싶었다.

텃밭 가꾸기를 결심하고 가장 먼저 한 것은 쇼핑이었다. 신중의 신은 지름신이라고 했던가. 여러 농기구를 비교하며 고심해서 고르고, 장바구니에 담고, 결제하기까지 모든 과정이 즐거웠다. 택배가 오기를 기다리는 동안에도 가슴이 두근거렸다. 아이와 함께 상자를 열고 비닐을 벗겨내는 기쁨은 또 얼마나 컸는지 모른다. 봄이 오길 이렇게 열심히 기다려본 적이 있었을까 싶었다.

하지만 텃밭에 처음 가던 날, 기대와 달리 우리는 아무것도 심지 못했다. 가슴설레며 입은 앙증맞고 예쁜 농장용 옷과 신발,

장갑은 닭똥 냄새와 흙먼지로 뒤덮였다. 주인아저씨가 말씀하시길, 모종을 심기 전, 먼저 땅에 비료를 섞어주고 골을 만들어야 한다고 했다. 햇빛 가림용 모자까지 멋지게 쓰고 인증 사진을 찍으러 갔던 우리는 계분 비료 세 포대를 뿌리고 삽으로, 쇠스랑으로 섞고 또 섞었다. 적황색 흙이 검고 기름진 비료와 골고루 어우러지고 은은했던 닭똥 냄새가 짙어졌을 때, 남편과 나의 몸은 온통 거름 냄새와 땀으로 가득했다. 텃밭 가꾸기가 처음인 주제에, 화분도 아니고 밭을 일구겠다고 하다니. 역시 무식하면 용감하다는 말은 진리였다. 마리 앙투아네트의 정원, 쁘띠 트리아농을 상상하며 예쁘게 차려입고 텃밭에 간 첫날, 우리는 비료와 사투를 벌이고 돌아올 수밖에 없었다.

일주일 후, 작물을 심으러 텃밭에 다시 갔다. 아이는 모래놀이 전용 삽을 들고 땅을 파고 남편과 나는 농기구와 모종을 종류별로 챙긴 뒤 막막한 마음으로 밭에 서 있었다. 그때였다. 밭갈이 하던 텃밭 고수님 두 분이 우리에게 다가왔다. 그리고 아이의 눈높이에 맞춰 땅을 고르고, 모종을 심는 방법을 가르쳐주면서 상추, 양상추, 당근 씨앗, 씨감자, 파 모종까지 함께 심어주고는 작업이 끝나자마자 바람처럼 가버렸다. 초보 농부들 앞에 나타난 고수님들의 무주상 재능 보시에 감사의 마음이 무량하게 솟구쳤다.

모종 심기가 끝나자 혼자서 열심히 땅을 파던 아이가 배가 고

프다고 했다. 역시 농사의 꽃은 새참이 아니던가! 아이는 밭두렁
에 걸터앉아 컵라면 하나를 뚝딱 먹었다. 깜빡하고 두고 온 포크
대신 아이가 직접 꺾은 작은 나뭇가지를 젓가락으로 삼았다. 아이
는 나뭇가지로 라면을 먹어본 친구는 자기밖에 없을 거라며 으쓱
거렸다. 일체유심조. 역시 모든 것은 마음에 달려있음을 다시 한
번 깨달았다.

아기부처

엄마보살

마정
수기

코로나가 세계인의 일상을 지배하기 바로 전인 2019년, 조계
사 대웅전에서 0세~만 3세 아이들을 대상으로 처음으로 마정수기
법회가 열렸다. 아이를 데리고 법당에 들어갈 엄두도 내지 못했던
불자 엄마들에게는 꿈만 같은, 영유아 수계식이었다.

아기부처

   법회 내내 법당은 산만했고 짧은 좌정 시간에도 웃음소리, 울음소리, 칭얼대는 소리가 끊이지 않았다. 하지만 놀랍게도 누구 하나 얼굴 찌푸리지 않았다. 할머니와 할아버지들은 금강역사나 사천왕처럼 대웅전을 에워싸고 지키며 카메라와 휴대전화를 들고 아이들을 응원하고 있었다. 그렇게 예순 명이 넘는 아이들이 같은 날, 같은 자리에서 미래의 부처가 될 것을 약속받았고 수기가 끝나자 연등이 가득한 천장에서 축하의 꽃비가 흩날렸다. 잊을 수 없는 감동이었다.

엄마보살

아기부처

연등을
밝히면

마정수기를 받은 후 3년이 지난 2022년 5월, 나는 아이와 함께 그림 동화책 『친구를 만나러 왔어요』를 완성했다. 아이와 함께 쓴 이야기가 세상에 나오자 영원히 꺼지지 않을 연등 하나를 환하게 밝혀놓은 것 같다.

마정수기 법회 당시 나는 아이와 함께 부처님께 감사하는 마음을 담은 글을 쓰겠다고 발원했다. 장차 부처가 되리라는 부처님의 약속에 대해 작게라도 보답하고 싶은 바람이었다. 하지만 이후 코로나로 인하여 아이와 절에 가는 것조차 조심스러웠다. 그러던 중 2020년이 얼마 남지 않았을 무렵, 연등회가 유네스코 인류무형문화유산으로 등재되었다. 이 기쁜 소식을 뉴스에서 보면서 다시 한번 서원을 세웠다.

이미 오래전부터 마음으로 늘 준비했던 책이었기 때문일까. 작업은 일사천리로 진행되었다. 2022년 부처님오신날을 앞두고 우주의 작은 별에서 외롭게 지내던 어린 왕자가 선재의 초대를 받아 지구별에 와서 신나게 연등 여행을 즐기며 마침내 외로움을 극복하고 나만의 연등을 밝히는 그림동화 『친구를 만나러 왔어요』가 세상에 나온 것이다. 완성된 책을 본 아이가 물었다.

"엄마, 이게 우리가 쓴 책이야?"
"응, 맞아. 우리가 같이 쓴 책이야. 어때?"

엄마보살

아이와 함께하는 일상에서 가장 빛나는 조각들을 모아서 그림을 그리고, 붓으로 먼지를 살살 털어내며 발견한 보석 같은 글자들을 엮어서 책을 만들었던 이 시간은 아마 아이가 훌쩍 자란 후에도 지금을 기억하게 해줄 것 같다. 아이와 함께 맞이하는 다섯 번째 부처님오신날, 우리는 『친구를 만나러 왔어요』라는 우리만의 연등을 밝혔다.

마녀의
저울

주말이면 아이와 함께 텃밭을 가꾸기 시작한 지 두 달이 지났다. 작지만 확실한 성과도 있었다. 상추를 두 번이나 푸짐하게 먹었고, 속이 제법 야물게 찬 양상추도 수확했다. 아직 많이 가냘픈 모습이지만 고추와 토마토, 옥수수와 감자도 분명 자라는 중이다. 문제는 주변에 우리 밭과 같은 크기의 텃밭들이다. 남의 텃밭에서 자라는 작물들은 우리 밭의 작물들과 비교할 수 없을 만큼 크고, 예쁘고, 먹음직스럽다. 텃밭을 처음 분양받았을 때는 그저 소소하고 즐겁게 아이랑 작물을 키워보자는 마음이었는데 자꾸만 남의 밭에 눈이 간다.

아이가 젖만 잘 먹어도, 잠만 잘 자도, 똥오줌만 펑펑 제때 싸도 세상 행복했던 시절이 있었다. 배냇짓 한 번에 열 달의 고생이 사라지고, 미소 한 번에 덜그럭거리는 삭신이 사르르 녹아내리던 적도 있었다. 젖니가 나온 뒤, 얇게 잘라 준 사과를 쭉쭉 빨지 않고 사각거리며 씹었을 때 그 소리는 또 얼마나 아름다웠던가.

아기부처

그런데 황홀하게 저장된 기억을 더듬어보면 그때도 늘 마녀의 저울이 있었다.

분유에서 이유식으로, 이유식에서 밥으로 넘어갈 때 아이의 성장 속도나 먹는 양에 완전히 만족해본 적이 몇 번이나 있었을까. 분유 한 모금, 이유식 두어 수저 남길 때면 속이 까맣게 타들었던 기억이 더 많다. 육아를 글로 배우던 시절이었다. 남의 집 아기 밥 먹고, 잠자는 사진을 보면 질투와 초조함에 하루에도 수십 번씩 배가 아팠다. 지나고 나서야 알았다. 그 조급증은 정말 아무 짝에도 쓸모없는 에너지 소모였다.

아이가 어린이집에 처음 갔을 때가 생각난다. 우리 아이는 너무 말이 늦고, 우리 아이만 안 먹는 음식도 너무 많고, 우리 아이만 집에서 하는 별도의 공부를 안 하는 것 같아 불안했다. 키가 조금 더 큰 아이, 벌써 말을 하는 아이, 영어 수업 혹은 미술이나 음악 수업, 체육 수업을 따로 받는다는 아이들만 눈에 들어왔다. 더 똑똑해 보이고, 더 균형 잡힌 체격을 갖춘 것 같아 자책하고 이미 늦었으면 어쩌나 싶어 머리가 지끈거렸다.

손바닥만한 텃밭을 가꾸면서도 남의 작물에 눈이 가는데 아이를 키우면서 비교의 저울을 완전히 내려놓는다는 것이 과연 가능할까. 마녀의 저울을 움켜쥐는 것은 자책, 불안, 초조, 분노,

성냄을 사서 하는 것이나 다름없다. 그러니 마녀의 저울이 꿈틀거릴 때, 저울에게 말해야 한다. 저울아, 저울아! 조금 쉬어도 괜찮아. 많이 쉬어도 괜찮아. 비단 이불 펴줄 테니 푹 자렴.

엄마보살

컵라면과
떡볶이

다섯 살이 된 아이는 제법 어린이다워졌다. 예를 들면 넘어져도 엄마를 찾거나 울지 않고 주변을 살핀다. 엄마가 못 본 것 같으면 얼른 일어나서 더 씩씩하게 논다. 행여 약을 바르자고 하거나 이제 집에 들어가자고 할까 봐 아무렇지 않은 척 '그런데 엄마, 아프지는 않아' '상처도 없고 피가 나지도 않았는걸' 하며 초롱초롱한 눈빛을 발사한다. 또 다른 변화가 있다면 바로 허세다. 엄마에게 부리는 허세는 웃고 넘길 수 있다. 하지만 친구들에게는 허세가 통하지 않는다. 허세는 곧바로 말 경쟁이 되고, 거짓말쟁이라고 놀림을 받기도 한다. 아이와 친구들의 관계도 그만큼 성장한 것이다. 얼마 전, 유치원에서 온 알림장에 적힌 선생님의 글을 보고 깜짝 놀랐다.

'안녕하세요, 어머니. 요즘 아이들의 생각 주머니가 커지고 활동이 많아지면서 규칙을 정하여 지키기로 약속하고 있어요. 가정에서도 아이들에게 규칙의 소중함을 느낄 수 있도록 해주세요.'

아이의 유치원은 남자아이가 압도적으로 많다. 놀고 까불고 장난치고 그러다가 말로 몸으로 투닥거리는 일이 잦은 것을 '아이의 생각 주머니가 커졌다' 라고 표현해주신 선생님의 은혜는 정말 하늘과 같았다. 생각 주머니가 커지면서 아이들끼리 울고 싸우고 소리 지르는 일이 종종 일어났다. 미끄럼틀에서 빨리 비키지 않아서, 힘을 자랑하고 싶은데 주눅이 들어서, 축구공을 혼자서만 가지고 놀고 싶어서, 친구가 킥보드 타는 속도가 나보다 빨라서 등등의 이유로 아이는 심각하게 토라지고, 삐지고 때로는 눈물까지 흘리곤 했다. 그럴 때, 나는 필살기를 사용한다.

"엄마랑 편의점에서 컵라면 먹고 갈까?"

컵라면은 아이가 가장 좋아하는 간식이다. 편의점에 가서 컵라면을 사고, 뜨거운 물을 붓고, 라면이 익기를 기다리는 동안 슬그머니 대화를 시도한다. 무슨 일 때문에 속이 상했고, 화가 났는지 차근차근 이야기한다. 뒤죽박죽 섞여 있는 이야기에 귀를 기울이다 보면 숨은 그림처럼 기승전결이 보이기 시작한다. 아이는 멋쩍은 얼굴로 실은 자신이 먼저 친구들에게 실수했노라고 고백하기도 하고, 하지만 친구들이 계속 놀리는 것이 정말 싫어서 삐지게 되었노라고 털어놓는다. 그렇게 원인을 파악하고 잘못을 인정하여 성냄과 슬픔이 가라앉을 무렵, 라면이 딱 적당하게 익는다.

컵라면을 먹으며 아이의 기분은 다시 좋아지고, 친구들로부터 받은 상처를 훌륭하게 회복한다.

"엄마, 내가 아무에게도 안 알려준 비밀 하나 말해줄게. 아까는 기분이 안 좋았는데 난 원래 라면을 먹으면 화가 풀려."

좌절을 딛고 자존감을 되찾은 아이와 함께 집으로 돌아올 때면 마음이 뿌듯해진다. 그러나 현관에 들어선 순간, 새로운 전쟁이 시작된다. 아무렇게나 신발을 벗어 던지고 마스크를 바닥에 떨군 채 장난감을 향해 돌진하는 아이를 향해 고함을 발사한다.

"신발 제자리! 마스크 제자리! 손부터 씻어야지!"

방금까지 좋은 엄마였던 내 목소리가 심상치 않자 아이가 슬금슬금 다가와 굳게 가라앉은 내 표정을 살피며 이렇게 말한다.

"엄마 화 풀어. 떡볶이 먹을래? 엄마 매운 거 좋아하지? 떡볶이 먹어."

일희
일비

　무더운 여름, 축 늘어지는 기분을 일으켜 세우며 아이와 함께 아침을 먹고, 치우고 이제 막 커피를 한 잔 마시려던 차에 오뉴월 서리보다 무서운 말이 아이의 입에서 나오고야 말았다.

　"엄마, 나 심심해"

　밖에 나가면 쏟아지는 뙤약볕을 고스란히 맞으며 땀을 줄줄 흘리며 마스크까지 쓰고 있어야 한다. 어떻게든 집안에서 해결해 보고자 아이가 가장 좋아하는 애니메이션 시리즈와 영화 제목들을 줄줄 읊었으나 소용없었다. 아이는 연신 고개를 저었고, 급기야 리모컨을 뺏더니 TV를 꺼버리고 말았다. 관자놀이와 목뒤 그리고 등에서 땀이 흘렀다. 그래, 결심했어!

　"우리, 같이 나갈까?"

엄마보살

순간, 아이의 얼굴이 환해졌다. 킥보드, 자전거, 물총, 비눗방울 놀이까지 아이는 짐을 한 가방이나 챙겼다. 물론 들고 가는 역할은 엄마인 나의 몫이다. 세상 발랄한 아이와 함께 태양이 작열하는 구름 한 점 없는 세상 밖으로 용감하게 나갔다. 5분도 채 지나기 전, 아이가 말했다.

"엄마, 이제 집에 가자."

한여름 태양보다 더 뜨거운 것이 가슴 속에서 순식간에 이마로 튀어 올라갔다. 이럴 땐 무조건 심호흡이다. 하나, 둘, 셋! 후-하-.

"이제 막 나왔는걸? 아직 놀이터도 안 갔잖아."
"싫어, 들어갈래. 너무 더워. 나 힘들어. 힘이 하나도 없어. 너무 더워서 땀이 나서 지금 에너지가 한 개 밖에 안 남았어. 그리고 놀이터에 아무도 없어. 형도 없고 동생도 없어."

뭐라고 말을 해야 할까. 하고 싶은 말이 심장에서, 목울대에서, 혀끝에서 들썩거렸다. '엄마가 뭐랬어. 밖에 너무 뜨거우니까 그냥 집에 있자고 했잖아. 왜 나오자고 했어? 엄마가 밖에 아무도 없을 거라고 말했어, 안 했어? 응? 짐은 이렇게 잔뜩 가지고 나왔는데, 그냥 들어가자고? 너는 킥보드만 타고 나왔는데 뭐가 힘들어. 엄마는 장난감에, 얼음물에, 물총에 재활용 쓰레기까지 들고 나왔는데. 응?

원래 먹을까 말까 싶을 땐, 안 먹는 것이 정답이고 살까 말까 싶을 땐 사는 게 정답이고, 말할까 말까 싶을 땐 안 하는 게 정답이라고 했다. 하고 싶은 말이 너무 많을 때도 일단 심호흡이다. 하나, 둘, 셋! 후-하-.

우린 집 밖에 나온 지 5분 만에 다시 집으로 돌아갔고 5분 후에 다시 나왔다. 기왕 밖에 나갔고, 이미 땀까지 흘렸으니 아이를 달래서 가까운 공원에 가기로 했다. 다행히 아이도 좋다고 했다. 공원은 집에서 10분 거리에 있었고, 바로 숲과 연결되어 그늘도 있고 시원했다. 멀리 가는 만큼 제대로 놀다 와야지 싶어 이번에는 더 제대로 준비물을 챙겼다.

해충퇴치 목걸이를 걸고, 선크림을 바르고, 소풍 가는 기분으로 얼음물과 간식을 담은 보냉 가방을 메고, 여분의 마스크와 돗자리까지 챙겼다. 사이좋게 손을 잡고 공원을 향해 출발했다. 즐거움은 잠시뿐, 집 앞 신호등을 기다리면서부터 아이는 언제 공원에 도착하는지 물었다. 이 질문은 공원에 도착할 때까지 2초에 한 번씩 계속되었다. 고장 난 녹음기를 틀어놓은 것 같은 질문 공격에 귀에서 피가 나고 딱지가 생기고 다시 피가 날 때쯤 공원에 도착했다. 널찍한 그늘에 돗자리를 펴고 가방을 내려놓자 탄식 같은

아기부처

한숨이 나왔다. 아이가 원하는 대로 비눗방울을 불어주었다. 머리가 띵 해왔으나 비눗방울을 터트리느라 신나게 뛰어다니는 아이를 보니 그럭저럭 보람이 느껴졌다. 땀을 흘리는 아이에게 물을 권하고 잠시 한숨을 돌리려는 순간, 아이가 말했다.

"이제 집에 가자, 엄마"

하아-. 이럴 땐 심호흡이 아니라 염불이다. 관세음보살님 제발 저에게 자비로운 마음을 주세요, 빨리요. 느릿느릿 일어나 가방을 다시 챙기고 돗자리를 접었다. 그렇게 집으로 돌아오는 길, 서로 눈길도 주지 않으며 적당히 떨어져서 걷고 있는데 문득 아이가 말했다.

"엄마, 나한테 고생했다고 말해줘야지."

응? 무슨 고생? 더운 데 왔다 갔다 하느라 힘들었니? 나도 똥개 훈련받느라 힘들었는데. 익어서 벌게진 얼굴에 머리카락이 땀에 젖어 이마에 달라붙은 아이를 보며 울컥울컥 올라오는 온갖 감정을 꾹 누르며 말했다.

"오늘 고생했어. 엄마한테도 수고했다고 말해줄래?"
"아니, 원래 아이들은 어른들한테 그렇게 말하지 않아."

차가운 단호박처럼 돌아서는 아이의 등을 보고 있자니 갑자기 뜨거운 콧바람이 휘몰아쳤다. 통풍이 좋다는 마스크가 후끈해지더니 내 얼굴도 덩달아 달아올랐다. 나란히 손을 잡고 공원으로 출발했던 우리는 앞뒤로 서서 집 근처에 도착할 때까지 한 마디도 나누지 않았다. 먼저 화해를 청한 것은 기특하게도 아이였다. 집에 도착하기 직전, 아이가 말을 걸어왔다.

"엄마, 우리 마트에 들렀다 갈까? 거기는 시원해. 우리 거기서 땀 좀 식히고 가자."

어지간히 더웠던 모양이다. 대답할까 말까, 그냥 집으로 가버릴까 말까, 잠시 고민하던 나는 아이와 함께 편의점으로 갔다. 아까와 달리 확 밝아진 아이의 표정에 삐졌던 마음이 스르르 풀렸다. 그래, 편의점 좋지. 그래도 에어컨 바람만 쐬는 건 미안하니까 맥주 4캔만 사서 집으로 가자, 그렇게 생각하니 웃음이 나왔다. 너무 쉽게 화를 푼 것처럼 보일까 싶어 황급히 아이를 곁눈질했다. 다행히 눈치채지 못한 것 같았다. 찜통 같은 마스크 덕분에 알량한 자존심을 지킬 수 있어 안심했다가 이런 내가 한심해서 헛웃음이 났다. 그래, 당장은 오만 가지 감정이 솟구쳐도 지나고 나면 정말 웃음이 나는 하루로 오늘이 기억되겠지.

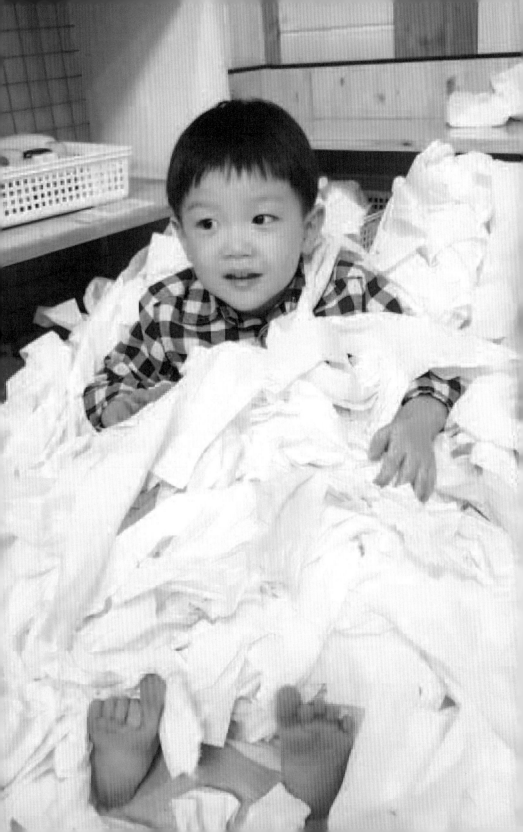

기싸움 vs
눈치싸움

때때로 아이는 깨지기 쉬운 정교한 유리 조각상 같을 때가 있다. 세게 부딪히거나 넘어졌을 때는 의젓하던 아이가 평소와 다르지 않은 손길에도 느닷없이 토라지고, 스치는 말 한마디에도 마음의 상처를 입고 눈물을 뚝뚝 흘린다. 소리도 내지 않은 채 얼굴은 붉어지고 온몸에 힘을 주며 울음을 참는 아이를 보면 내가 어떤 잘못을 했는가 싶어 당황스럽다. 아무리 생각해도 아이가 왜 토라졌는지, 왜 우는 건지 도통 모르겠다. 심지어 이 토라짐과 울음은 쉽게 달래지거나 잦아들지 않고 잠들기 직전까지 계속될 때도 있다. 착한 목소리로 미안해를 연발하며 이유를 물어봐도 아이는 고개를 휙 돌리며 '엄마 미워, 우주만큼 미워' 를 반복할 뿐이다. 이 과정이 몇 번 반복되면 슬슬 화가 치밀어 오른다. 그럴 때면 마음속으로 소리를 지른다.

'내가 뭘 어쨌다는 거야? 말을 해줘야 알지!'

소리를 지르고 싶은 마음은 아이 얼굴을 보면 쑥 들어간다. 아이의 표정은 투명한 구슬 같아서 그렁그렁한 눈빛만으로도, 또 르르 흐르는 눈물 한 방울만으로도 슬픔, 성냄, 억울함, 서러움, 미움 등등 108가지 감정을 절절하게 보여준다. 아! 정말 능력만 있다면 영화제의 모든 남우주연상을 안겨주고 싶은, 서사 가득한 얼굴이다. 서사를 가득 품은 아이의 얼굴을 보면 나의 억울함은 하찮은 것이라는 생각이 든다. 동시에 언제 저런 표정을 지을 수 있게 되었나 싶어 기특하다.

억울함과 기특함이 공존하는 육아 5년 차, 아이의 토라진 마음과 성난 마음의 경계를 구분하기란 여전히 어렵다. 다만 나에게도 이제는 요령이 생겼다. 그것은 바로 적당히 못 본 척하고, 적당히 못 들은 척하는 것이다. 엄마랑 절대 말을 하지 않겠다는 선언을 아이 스스로 깰 때까지 기다리는 것이다. 여기서 가장 중요한 것은 인내심이다. 슬금슬금 다가오는 아이를 곁눈질로 보면서도 못 본 척해야 하고, 엄마의 얼굴을 몰래 관찰하며 생각지도 못한 말을 하는 아이의 행동이 아무리 귀여워도 절대 웃으면 안 된다. 웃거나 웃음을 참는 것을 들키는 순간, 주도권은 아이에게 넘어가기 때문이다. 인욕바라밀이 따로 없다.

유치하지만 '무시하기'는 수수께끼 같은 육아에서 스스로 깨우친 몇 안 되는, 그리고 매우 효과적인 기술이다. 이것마저 아이에게 빼앗기면 육아를 지탱할 자신이 없다. 다행히 호기심이 강한 아이는 엄마의 의도적인 '무시'에 늘 먼저 반응하곤 한다. 사실 '무시하기'는 아이가 엄마를 사랑하는 마음을 이용하는 것이기 때문에 조금 치사하다. 어른인 엄마에게 절대적으로 유리한 방법이기 때문이다. 하지만 주도권을 빼앗기지 않은 것 같은 좋은 기분으로 화해하기에는 이만한 방법이 없다. 그러자 아이도 새로운 방법으로 감정을 넌지시 드러내기 시작했다. 엄마 귀에 들리도록 혼잣말을 하는 것이다. 더 과격하게 놀자고 하던 아이에게 단호하게 '안돼!'를 선언하자 아이가 말했다.

"나는 엄마랑 절대 같이 놀지 않을 거야. 엄마가 아무리 같이 놀자고 졸라도 절대 놀지 않을 거야."

나는 마음속으로 '바라는 바야. 제발 그렇게 해줘!'라고 외치며 무표정을 유지한다. 자신이 할 수 있는 최대의 엄포를 놓은 아이가 슬금슬금 엄마의 반응을 살핀다. 참아야 한다.

"엄마 내 말 못 들었어? 들은 것 같은데."

참아야 한다. 웃음이 새어 나올 것 같으나 못 본 척, 못 들은 척해야 한다. 말을 섞으면 말릴 수 있으니 꿀을 먹은 것처럼 입도 다물어야 한다.

아기부처

"못 들었나. 그래도 나랑 놀 수밖에 없을걸. 나랑 놀고 싶을 거야. 내가 워낙 예쁘니까. 내가 워낙 예쁘잖아."

아, 이번만큼은 끝까지 참고 싶은데 저 근거 없는 자신감을, 조금 더 크면 볼 수 없을 아이의 모습을 영상으로 남기고 싶다. 묵언을 시작한 지 3분이 채 지나기 전, 나는 아이 몰래 휴대전화의 동영상 버튼을 누른 뒤 침묵을 깬다.

"뭐라고? 다시 한번 말해봐. 누가 워낙 예쁘다고?"

승기를 잡은 아이가 나를 보며 씩 웃더니 능청스러운 표정으로 말한다.

"몰~라~"
"한 번만 더 말해봐, 응? 부탁이야! 제발"

1, 2, 3, 4

어느 날, 아이가 숫자를 읽기 시작했다. 재미가 붙었는지 숫자가 보일 때마다 읽는다. 아파트 엘리베이터 거울에 붙은 광고 전단, 잠시 세워져 있는 택배 트럭의 번호판, 친구 옷에 쓰여있는 번호까지 줄줄 읽었다. 눈에 콩깍지 안경을 쓴 나는 혹시 우리 아이가 천재가 아닐까 하는 착각에 가슴이 설레었다. 물론 한글까지 척척 읽어내는 다른 아이들을 보자마자 역시 아니구나, 싶었지만 찰나의 기쁨은 정말 컸다. 찰나여서 더 컸을지도 모른다.

온 에너지를 집중해서 숫자를 읽는 아이를 보면서 세상이 정한 숫자와 글자를 읽을 수 있게 된다는 것은 실로 대단한 일이라는 생각이 들었다. 넓게 보자면 이제 겨우 대여섯 살 아이가 무려 세상이 만든 지식의 세계에 발을 디딘 것이 아닌가. 물론 이 세상은 정말 대단해서 세 살에 천자문을 떼고 시를 짓거나 수학 문제를 척척 풀어낸 천재들도 있다. 예전에는 그런 천재들의 이야기를 읽으며 감탄하고 감동했으나 지금은 우리 아이가 1, 2, 3, 4를 읽게

된 것이 훨씬 감동적이다.

"엄마, 1은 하나고, 2는 둘이야."

아이가 세계 최초로 가장 어려운 공식을 풀어낸 수학자처럼 의기양양한 얼굴로 외친다.

"1, 2, 3, 4! 하나 둘 셋 넷! 엄마 4는 넷이야!"

나는 노벨상 시상대에 올라간 아이를 본 것처럼 감격한 얼굴로 환호한다.

"정말? 와! 어떻게 알았어? 엄마는 정말 몰랐어! 최고!"

못 배운
서러움

이제 막 1, 2, 3, 4를 깨우친 아이에게 압도적인 실력 차이를 뽐내는 이들이 있다. 바로 엘리베이터에서 만나는 초등학생들이다. 아이보다 두세 살 많은 초등학생들은 숫자만 읽는 아이에게 '한글 읽기'를 보여주며 지식 거량을 한다.

지식 거량을 시작하기 전, 아이들은 이름과 나이 그리고 소속을 밝힌다. 아무개, 8살, 1학년 3반 등으로 자기소개를 마친 후 맹렬하게 덧셈, 뺄셈 그리고 한글 읽기를 한다. 투명하게 공개되는 압도적 실력 차에 아이는 결국 울먹거린다. 한 번은 아이가 지식 거량에서 패배했는데 놀이터에서 팔씨름과 공차기에서도 지고 말았다. 사실 이기고 질 만한 시합도 아니었다. 초등학생 형들이 아이와 놀아주다가 1, 2, 3, 4를 알고 있다고 자랑하는 아이를 보자 장난기가 발동한 것이었다. 그날, 아이는 눈시울이 붉어진 채 집으로 가자고 하더니 엘리베이터 문이 닫히자마자 엄마를 향해 서러운 목소리로 외쳤다.

"나 아기 아니거든. 나도 형만큼 클 거거든! 형아 미워."

순간 엘리베이터 벽에 기대서 휴대전화만 바라보고 있던 중학생과 고등학생이 소리 내어 웃음을 터트리고 말았다. 아이의 학구열과 못 배운 슬픔이 모바일 게임을 향한 청소년의 열정을 잠시 내려놓게 만든 것이다. 나는 함께 웃고 싶었지만 웃음을 꾹 참고 아이를 위로하며 생각했다.

'그래, 나중에 커서도 꼭 지금처럼 공부에! 승부욕을 가지렴! 제발!'

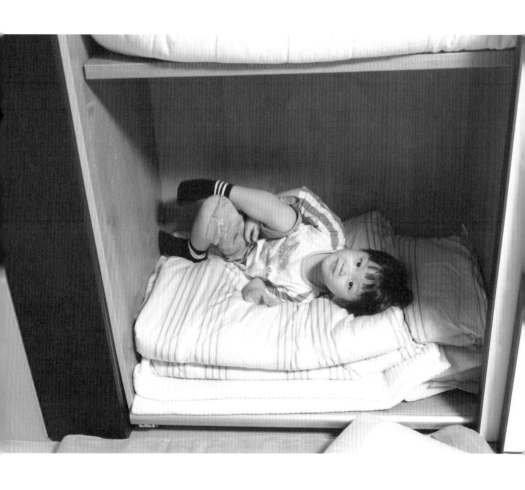

어른들은
몰라요

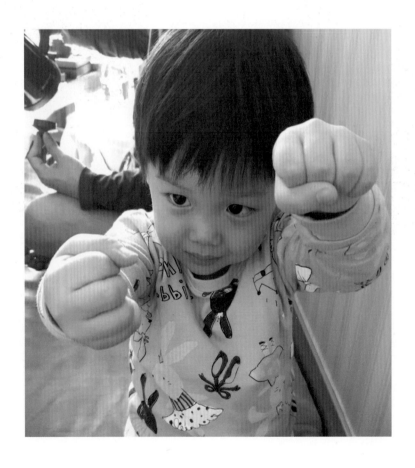

만약 엄마라는 직업이 강호의 협객이고 기 싸움이 수련이라면, 따로 수련 시간이나 장소를 찾지 않아도 무림의 고수가 될 정도이다. 눈 뜨면서부터 잠들기 직전까지, 정말 온종일 기 싸움만 하기 때문이다. 아이의 '말'은 어느새 내가 가르치고 다듬어 줄 수 있는 부분을 훌쩍 넘어버렸다. 아이가 하는 말에 말문이 턱 막힌 적도 한두 번이 아니다.

　　'예전에 아기 때에는 그랬지. 다 잘 먹었지. 그런데 지금은 먹고 싶은 마음이 없어.'
　　'엄마도 잔소리 좀 그만해. 나 기분 나빠지려고 해.'

　　어느 날이었다. 남편과 함께 잠자리에 누운 아이가 에너지가 한참 남았는지 몇 번이나 장난치기를 거듭했다. 한번, 두 번, 세 번 아이의 장난을 받아주던 남편의 인내심이 드디어 바닥이 났다. 남편은 부글거리는 마음을 꾹꾹 눌러 담은 목소리로 아이에게 단호하게 말했다.

　　"또 한 번 더 자다가 일어나서 아빠를 찾으면 아빠는 대답 안 할 거야. 아빠 너무 피곤해. 정산이랑 못 놀아. 아빠 내일 아침에 회사 가려면 이제 진짜 자야 해. 그러니까 아빠 부르지 마."

　　남편의 목소리가 사뭇 심각해졌으나 아이는 여전히 해맑게

깔깔거렸고 남편은 방에서 나갔다. 아빠가 나간 뒤 아이는 내 귀에 아주 잘 들리게 혼잣말하며 눈물을 닦았다.

"아빠 미워. 어른들은 아이가 잘못하면 사과하라고 하면서 어른들은 아이 기분이 안 좋아지게 하고 사과도 안 하고. 어른들은 미안하다고도 안 하고. 아빠 미워. 우주만큼 미워."

순간, 가슴이 뜨끔했다. 어른들은 아이에게 사과를 요구하지만 정작 어른들이 아이에게 잘못하면 사과하지 않는다는 아이의 말에 정말 많은 생각을 하게 되었다. 엄마라는 이유로, 어른이라는 이유로 아이에게 은근슬쩍 사과하지 않고 넘어갔던 일들이 그야말로 주마등처럼 떠올랐다. 유치하고 비겁하게 행동하면서 엄마라는 이유로, 어른이라는 이유로 부끄러워하지도 않았다. 공손해라, 인사를 잘해라, 예의 바르게 행동해라, 나쁜 말은 사용하지 말라 등등 아이에게 습관처럼 잔소리하면서도 내 입버릇은 돌아보지 않았다. 오히려 맞는 말을 하고 있다고, 옳은 지적을 하고 있다고 스스로 정당화시켰다.

아이에게 바른 어른이 되는 제일 중요한 자격을 배웠다. 어른도 잘못했다면 사과해야 한다. 아이가 울기 전에, 아이가 말하기 전에 사과해야 한다. 그게 어른이다. 그래야 어른이다.

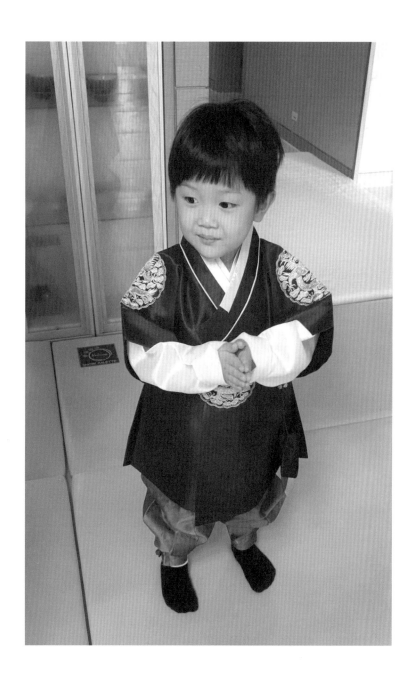

엄마보살

야단법석 육아일기. 18.

진심과
허영심

2019년 12월, 불자 엄마 다섯 명이 모임을 만들어서 한 달에 만 원씩 모았다. 아이들과 만나게 되면 사용하자며 모으기 시작한 회비는 코로나로 인해 결국 한 번도 사용하지 못했다. 그렇게 2년 이 지난 후, 그동안 모았던 회비를 아이들의 이름으로 '한국백혈 병어린이재단'에 후원하기로 했다.

아이에게 나누는 마음을 알려주고 싶은 생각은 늘 있었다. 그 러던 중 좋은 기회에 좋은 단체에 '아이들 이름으로' 후원하면서 개인적인 만족감은 물론이요 사회적인 체면까지 얻을 수 있게 되 자 어쩐지 나의 품격이 엄청나게 업그레이드된 기분이 들었다. 따 뜻한 마음을 가진 고상한 '어머니'로 승격한 것 같았다.

후원금을 전달하면서 내가 체면치레하는 동안, 아이는 '친구 들을 응원합니다'라고 쓴 판넬을 두 손 높이 들고 최선을 다해 홍 보했다. 아픈 친구들을 도와주는 일이라는 한 마디에 묻지도 따지

지도 않고 온 마음을 다해 자신이 할 수 있는 일을 하고 있었다. 어머, 내 새끼 좀 봐, 훌륭하기도 하지 싶어 스마트폰을 꺼내 정신없이 사진을 찍고 여기저기 보내며 은근슬쩍 자랑하는 동안에도 아이는 마치 자신이 간판이 된 것처럼 판넬을 높이 들고 처음 보는 사람들에게 '아픈 친구들을 도와주는 거예요'라고 자신의 행동을 설명하며 후원을 유도하고 있었다. 베푼다는 만족에 취한 나와 달리 아이는 친구를 돕는 일에 몹시 진심이었다. 아이의 진심을 느낀 순간, 자비로운 엄마 보살 흉내를 내던 나의 허영심이 무척이나 부끄러웠다.

산타할아버지는
알고 계실까?

1년을 기다리고, 12월이 되면서 날마다 기다려온 크리스마스다. 12월 내내 아이가 받고 싶은 선물은 하루에도 12번씩 변했다. 산타할아버지가 반드시 온다는 믿음으로 아이는 크리스마스 이틀 전까지 받고 싶은 선물을 번복했다. 덕분에 나와 남편은 장바구니에 담아둔 장난감을 몇 번이나 삭제하고, 다시 클릭하기를 반복해야 했다.

전 세계 어린이들의 장난감을 커다란 썰매에 싣고 하늘을 날아다니며 크리스마스 전날 밤, 오차 없는 배송을 해온 산타할아버지는 1년에 딱 한 번, 아이돌 부럽지 않은 세계 최고의 스타가 된다. 산타할아버지는 능력도 뛰어나다. 세계 어디라도 갈 수 있는 신족통, 아이들이 있는 곳이 훤히 보이는 천안통 그리고 누가 착한 아이인지 나쁜 아이인지 아는 타심통을 지니고 있다. 아이에게 줄 크리스마스 선물을 준비하면서 문득 궁금해졌다. 산타할아버지는 누가 착한 엄마고 나쁜 엄마인지도 알고 계실까? 만약 그렇다면 착한 엄마와 착한 아빠에게도 선물을 주면 좋겠다. 나쁜 엄마와 나쁜 아빠에게는 선물을 안 주면 좋겠다. 그러면 일 년에 한 번, 내가 어떤 부모였는지 생각해볼 수 있을 것이다.

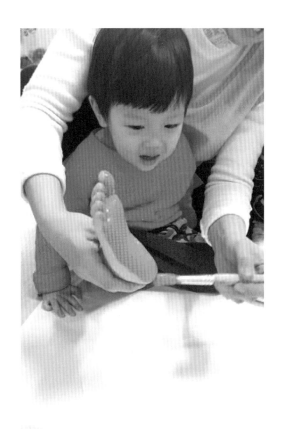

삼천 원의
행복

치과 정기 검진을 하기 전, 아이에게 처음으로 용돈을 주었다. 천 원짜리 세 장을 손에 쥔 아이는 흥분한 채 장난감 가게로 향했고, 자질구레한 장난감 앞에서는 무척 신중해졌다. 엄마 아빠에게 장난감을 사달라고 할 때는 3단 합체, 4단 합체, 5단 합체 로봇을 요구하더니 본인이 직접 고르게 되자 1,000원짜리 색종이도 함부로 사지 않았다. 모든 장난감을 꼼꼼하게 살펴보았고, 모든 장난감의 가격을 확인하고, 함부로 결정하지 않았다. 잠시 시간을 보내려고 머리를 썼다가 오히려 머리가 아파진 것은 나였다.

"이제 그만 보고 고르자. 고르고 가자."
"잠깐만, 조금만 더 보고."
"공이 갖고 싶어? 그럼 그걸로 하자."
"아니야, 공은 집에도 있잖아. 그냥 보기만 한 거야."
"그럼 색연필 살까? 스케치북이랑?"
"그건 엄마가 사고 싶은 거잖아. 난 필요 없어."

치과 예약 시간은 다가오고 나는 속이 터져가는데 아이는 장난감에서 눈을 떼지 못했다. 그리고 놀라운 일이 벌어졌다.

"일, 영, 영, 영. 엄마 이거 일, 영, 영, 영이래. 일, 영, 영, 영은 천 원이라는 거야? 내 돈은 삼천 원이잖아. 그럼 이건 살 수 있다는 거지?"

아이는 스스로 갑자기 천원, 이천 원, 삼천 원, 오천 원을 이해하고 파악했다. 책상에 앉아서 숫자로 가르치려고 했다면 쉽지 않았을 텐데 너무 순식간에 셈을 해내는 것을 보며 나는 지루함을 까맣게 잊었다. 그리고 다시 어리석은 기쁨에 빠져 머릿속으로 춤을 추며 생각했다. '세상에! 내가 천재를 몰라본 거야. 이런 바보 엄마 같으니! 역시 천재였나 봐.'

아이는 결국 장난감을 사지 않았다. 치과 진료가 끝난 후 집으로 돌아가는 길, 아이가 말했다.

"엄마, 아까 나한테 준 돈 남았지? 우리 이제 뭐 좀 먹으러 가자. 나 너무 힘들어서 못 걷겠어."

어화둥둥 내 사랑, 기특하기도 하지, 무엇이든 제일 좋은 것만 입에 넣어주마, 싶은 생각에 나는 활짝 웃으며 말했다.

"그럼, 뭐 먹을까? 먹고 싶은 거 다 말해."

아이는 씩 웃으며 대답했다.
"라면이라는 거 다 알면서."

아기부처

우문
현답

　　나이가 들어도 마음은 청춘이라고 한다. 마음은 청춘 그대로
인데, 나이만 먹어버렸다고도 한다. 나는 이 말이 아직은 와닿지
않는다. 나이가 덜 먹어서 그럴 수도 있고 노인보다 아이에게서
느끼고 배우는 것이 많기 때문일 수도 있다. 아이와 살아온 세월
은 고작 다섯 해가 겨우 넘을 뿐인데 아이와 대화하면서 때때로
벼락같은 법문을 듣는 기분을 느낀다. 아이의 단순한 말을 통해
삶의 해답을 찾을 때, 나는 기쁘다. 아이를 통해 나의 부족함을 알
게 되어도 기분이 나쁘기는커녕 행복하다. 한 번은 아이가 잠들기
전, 나란히 누워서 도란도란 이야기를 나눈 적이 있다. 자꾸 뒤척
이는 것이 아직 발산할 에너지가 조금 남아있나 싶어 속삭이듯 말
을 걸었다.

　　"엄마는 어떤 사람이야? 어떤 사람인지 알려줘."

　　아이에게 애정을 확인받고 싶어서 던진 가벼운 농담이었다.

내가 바란 대답은 '예쁜 엄마' 혹은 '엄마 최고' '사랑해' 정도였고, 기대했던 답이 나오면 깔깔 웃으며 아이에게 뽀뽀를 퍼부어줄 생각이었다. 그런데 아이의 대답은 의외였다.

"그것도 몰라? 지금 내 옆에 있는 사람이잖아."

아이의 말을 듣는 순간, 예상 대답을 정해놓은 내가 부끄러워졌다. 만약 내가 같은 질문을 아이에게 들었다면 과연 이처럼 현명하고 진실한, 질문한 사람의 말문이 턱 막히는 대답을 할 수 있었을까. 몇 번을 생각해도 자신이 없었다. 이런 기분 좋은 부끄러움이라니! 한번은 아빠와 목욕을 마치고 나온 아이에게 로션을 발라주면서 말했다.

"아유, 깨끗하고 씻고 나오니까 정말 예쁘네. 예쁜 거 엄마에게 조금 나눠주라."

씻겠다, 안 씻겠다는 실랑이 없이 잘 씻고 나온 아이가 예뻐서, 이제 잠옷 입혀서 재우기만 하면 육아 퇴근이라는 생각에 신나서, 별 생각 없이 한 말이었다. 그런데 아이는 내 얼굴을 보며 근엄하고 진지한 표정으로 이렇게 말하는 것이었다.

"나눠줄 수 없어. 예쁜 건 마음에 있는 거라고. 손으로 나눠줄 수 있는 게 아니야. 그래서 줄 수 없어. 심장에서 시작해서 내 몸 안 전체에 돌아다니는 거야. 그것도 몰라?'

나는 덩달아 진지한 얼굴로 아이에게 솔직하게 고백했다.

"그런 거구나. 엄마는 몰랐어. 이제 알았으니까 나눠달라고 하지 않을게. 미안해."

아이가 부디 이 마음을 잃지 않고 잘 자라고 또 늙어가는 모습을 볼 수 있다면, 늙어도 마음은 청춘이라는 말을 비로소 이해하게 될지도 모르겠다. 하지만 지금은 그저 온 힘을 다해 아이를 사랑하고, 이해하고 그 마음으로 세상의 아이들이 행복하기를 기도할 뿐이다.

꽃 피는
봄이 오면

눈 깜짝할 사이에 봄이 와버렸다. 살며시 온 게 아니라 갑자기 왔다. 늦도록 추위가 사라지지 않았던 작년의 봄 날씨를 생생하게 기억해서일까. 두꺼운 겨울 이불과 두꺼운 옷을 정리하는 것을 미뤘으나 공원 연못 가득한 올챙이들과 묵은 겨울 빨래들이 봄바람에 뽀송뽀송하게 마르는 것을 보면서 이제 정말 봄이라는 것을 받아들였다. 작년 봄 날씨를 기억하는 이유는 텃밭을 가꾸기 시작한 첫해였기 때문이다.

푸른 산과 푸른 들판을 그저 바라만 볼 때는 모든 초목이 아름다워 보였고 잡초도 예뻐 보였다. 하지만 사람이 키우는 텃밭에서 잡초는 잡초일 뿐이다. 잡초는 처음부터 단호하게 뿌리까지 제거한다. 잡초 제거를 제때 하지 않으면 순식간에 텃밭의 주인이 바뀐다. 작물은 주인의 관심과 사랑을 먹고 자라지만 잡초는 밭 주인의 게으름을 거름으로 삼는다. 아이도 잡초와 싸워서 꼭 이기고야 말겠다며 의욕을 불태운다.

아기부처

잡초를 뽑으니 문득 울력하는 기분이 든다. 잡초를 제거하고 비료를 뿌려 깨끗하고 비옥해진 텃밭에 아이와 함께 꽃씨를 뿌리고 허브도 심은 뒤 물을 흠뻑 주었다. 텃밭 한구석에 피어날 꽃들을 생각하자 농사가 무척 낭만적으로 느껴졌다.

알파, 델타, 오미크론 등 생소한 군사작전 같은 코로나의 기세는 여전하지만 거리에는 꽃구경을 하며 봄을 만끽하는 사람들로 북적거렸다. 비록 모두 마스크를 쓰고 있었으나 얼굴에는 활기와 웃음이 넘쳤다. 나도 아이와 함께 산으로, 텃밭으로, 공원으로 뛰어다니며 봄을 맞았다. 흩날리는 벚꽃잎 사이를 뛰어다니며 사진을 찍고, 올챙이들이 바글거리는 숲속 놀이터에 가서 관찰도 하고, 근처 카페에서 느긋하게 커피도 마셨다. 우리 가족과 똑같은 하루를 보내는 이들이 공원에 가득했으나 불안하지 않았다. 신기하고 기쁜 변화다.

이제, 사람들은 더 이상 코로나를 두려워하지 않는다. 코로나가 아니었다면, 우리가 봄을 잃어버린 적이 없었다면 이토록 봄이 소중하다는 것을 여전히 몰랐을 것이다.

엄마보살

인기 있는
남자

아이가 얼굴에 반짝이를 붙이고 왔다. 물어보니 유치원에서 왕자와 공주 놀이 중 왕관을 썼는데 왕관에 반짝이가 많았다고 했다. 재미있었느냐고 묻자 갑자기 눈을 빛내며 수다를 떨기 시작했다.

"엄마, 유치원에서 재인이 누나랑 재윤이 누나는 공주님을 하고 나랑 다른 친구들은 왕자님을 했어. 선생님이 진짜 왕자님처럼 보이는 친구를 물어보니까 재인이 누나는 배우진이라고 했어. 그런데 재윤이 누나는 나 김정산이라고 했어!'

아이의 목소리가 사뭇 상기되어 있었다. 나는 웃음을 참으며 놀란 척했다.

"정말? 재윤이 누나가 김정산이 진짜 왕자 같았대?"
"응! 맞아! 왜 나를 골랐는지 이해할 수가 없어. 나를 고른

이유를 모르겠다는 말씀."

　　속으로는 좋으면서 너스레를 떠는 모습이 꼭 허세를 부리는
남자를 보는 것 같았다. 남자의 허세가 귀여워 보이다니! 이런 즐거
움과 행복은 7살 미만 아이 한정일 수도 있겠다는 생각이 들었다.

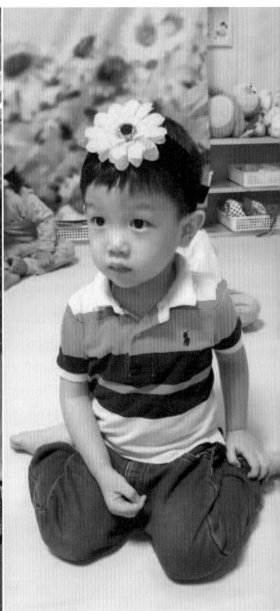

아기부처

아이는 자신이 진짜 왕자처럼 보였다는 이야기를 몇 번이나 이야기했다. 뽑히지 못한 친구들의 이름도 정성스럽게 나열했다.

그러더니 마치 남의 이야기를 하는 것처럼 말했다.

"엄마, 나 인기 있나 봐?"

이번에는 정말 모르는 척 참을 수가 없었다. 나는 조용히 화장실로 들어가서 손을 씻으면서 큰 소리로 웃었다.

최고의
어린이날

어린이날을 앞두고 아이들의 하원을 기다리면서 유치원 앞에서 엄마들과 소소한 잡담을 나누었다. 주제는 어린이날을 어떻게 보낼 것인지에 대한 것이었다. 다행히 모두 한 마음으로 어린이날 당일에는 집에 있거나 근처 놀이터나 공원 정도에 갈 것이라고 했다. 게임이던, 영화던 아이가 원하는 놀이를 실컷 하게 해주는 것으로 규칙을 정했다는 엄마도 있었다. 다둥이 엄마들의 현명한 선택이었다.

어린이날 당일, 아이는 갖고 싶다고 노래를 불렀던 변신 로봇을 선물 받았다. 아이가 꼭 갖고 싶어 한 장난감을 미리 준비해 놓았다가 어린이날에 맞춰 선물한 것이다. 눈을 뜨자마자 갖고 싶던 장난감을 품에 안은 아이의 얼굴은 환희 그 자체였다. 낮에는 아이와 집 근처 놀이터와 공원에서 신나는 시간을 보냈다. 비눗방울과 물총, 잠자리채, 모래놀이 장난감 등을 바리바리 챙겨 나와서 등에 땀이 나고 숨이 차고 배가 고플 때까지 놀았다. 아이가 꼭 가고 싶다는, 아이 기준 최고의 식당에도 갔다. 동네 단골 분식점에 가서 아이의 최애 메뉴인 '라면'을 함께 먹었다.

"요리사님, 정말 맛있어요! 요리사님 라면은 최고에요! 오늘은 정말 최고의 어린이날이에요!"

기분이 좋아진 아이가 분식집 이모에게 연신 엄지를 치켜세우며 말했다.

"고마워, 그렇게 말해주는 사람은 네가 처음이야."

분식집 이모가 수줍게 대답했다. 집으로 돌아와 아이가 고른 영화를 보는 것으로 어린이날을 마무리했다. 아이가 고른 영화는 '팅커벨'이었다. 나는 요정 나라에서 온갖 사고를 치는 팅커벨을 보면서 아이에게 소곤거렸다.

"팅커벨은 왜 이렇게 말썽을 부리는 거야? 요정 나라가 엉망진창이 되었잖아."

그러자 아이가 진지하게 대답했다.

"너무 어려서 그래. 팅커벨이 지금 처음 태어나서 잘 몰라서 그런 거야. 일부러 그런 게 아니라."

나는 팅커벨이 사고를 치는 이유가 천방지축인 성격과 천성 혹은 천명을 인정하기 싫은 마음 때문이라고 생각했다. 반면 아이 는 팅커벨이 처음 태어나서, 너무 어려서 몰라서 사고를 치게 된 것이라고 했다. 그 어떤 리뷰보다 놀라운 해석이자 날카로운 통찰 이었다. 아이에게 또 하나를 배운 최고의 어린이날이었다.

감정
주머니

아이와 다정하게 대화하거나, 말싸움하거나 기싸움 할 때마다 놀란다. 어떻게 저런 표현을 할까. 어떻게 자신의 감정을 알고 있는 단어들로 최대한 정확하게 표현을 할 수 있을까. 어느 날 아이가 잘 시간이 훌쩍 지나도록 블록 만들기에 열중했던 적이 있었다. 나는 상냥하게 말했다.

"블록 그만하고 이제 치카하고 자자. 블록은 내일 계속하면 되지."
"싫은데. 지금 하고 싶은데."

아이는 엄마 말을 듣기 싫어하는 티를 온몸으로 뿜어냈다. 나는 참을 '인(忍)' 자를 한 번 새기면서 기다렸다. 5분이 지나고 10분이 지났다. 10분 동안 꾹 참고 잔소리하지 않았으니 정말 많이 참았다는 생각이 들었다. 아이의 얼굴에는 이미 피곤함이 가득한데 억지로 버티고 있었다. 속이 부글거렸다. 제시간에 잘 자야 키가 클 것이 아닌가.

"이제 정말 그만. 블록 내려놔."

나의 목소리에 단호함이 듬뿍 실렸다. 아이는 내 눈치를 슬쩍
보더니 정말 슬로우모션을 하는 것처럼 천천히 정말 천천히 일어
났다. 그리고는 화장실을 향해 달팽이보다 느리게 걸어가기 시작
했다. 부글거리던 화가 드디어 폭발했다.

"빨리 와! 엄마가 몇 번 말했어. 엄마가 예쁘게 말하면 안 듣
고, 꼭 소리를 질러야 해? 빨리 와! 어서!'

내가 소리를 꽥 지르자 아이의 눈가가 붉어졌다. 금방이라도
눈물이 뚝뚝 떨어질 것 같은 얼굴을 보자 더 화가 치솟았다.

"울 거야? 왜? 뭐가 억울해서 울어? 엄마가 너 기다려줬지? 말
도 예쁘게 했었지? 말 안 듣고 계속 블록하다가 지금 너무 졸리고
피곤해져서 이러는 거 아니야. 그러니까..."

아이의 상태가 영 힘들어 보이는 것을 보니 빨리 양치하고 재
워야겠다는 생각에 마음이 급해졌다. 급해진 마음만큼 말도 따발
총처럼 빠르게 나왔다. 그런데 아이가 갑자기 울먹이며 외쳤다.

"그만 좀 말해! 그만 좀 말하라고!"

뭐지? 내가 너무 했나 싶어서 아이를 보았더니 눈물을 글썽거리며 나를 노려보고 있었다.

"뭘 그만해? 치카하는 게 억울해?"

그러자 아이가 나를 보며 차분한 목소리로 말했다.

"억울한 게 아니라 지금 싫은 거거든. 싫은 거라고."

순간 머리가 띵 했다. 억울한 게 아니라 싫은 거라고, 엄마의 말을 정정하며 자신의 기분을 정확하게 표현한 것이다. 다음 날 아침, 장수풍뎅이 애벌레를 관찰하면서 아이에게 물었다.

"장수풍뎅이 애벌레 생겨서 어때? 좋아?"

"응! 좋아. 너무 기대돼. 설레. 애벌레를 손으로 만져보는 건 조금 긴장되고 싫은 기분인데, 얼른 번데기가 되고 장수풍뎅이가 되면 좋겠어. 아직 애벌레여서 암컷인지 수컷인지 모르지만 수컷이면 좋겠어. 나는 뿔이 큰 장수풍뎅이가 좋거든. 어른 장수풍뎅이는 만질 수 있어. 친구들한테도 보여주고 싶어."

기분, 감정, 표현을 배우면서 학습할 수 있다. 그런데 학습과 별개로 우리 아이의 천성은 아무래도 말많증, 말이 많은 증세인 거 같다. 하하하;;;

원숭이 엉덩이에서
백도산까지

"엄마 백도산은 어떤 산이야?"

갑작스러운 아이의 질문에 당황하면서도 흐뭇했다. 내가 아는 지식을 총동원하여 아이와의 대화를 이어가기로 했다.

"백두산은 아주 높은 산이지. 화산이 폭발해서 만들어진 산이야. 꼭대기에는 커다란 호수도 있어. 화산 폭발은 TV에서 본 적 있지?"

"응, 본 적 있어. 그런데 엄마, 화산은 어떻게 폭발해? 어떻게 생겼는지 알아?"

아, 이건 정석으로 설명하려면 조금 복잡한데... 그래도 최선을 다해보자 싶은 마음으로 아이와 눈높이를 맞췄다.

"화산이 폭발하면 용암이 되지. 전에 〈드래곤 길들이기〉 봤을 때 생각나? 거기 용암 먹는 드래곤 나오잖아. 용암은 그렇게 생졌어. 아주 뜨겁지."

"맞아. 그런데 엄마, 화산이 폭발하면 어떻게 돼?"

아이의 질문은 마르지 않는 샘처럼 계속되었고, 최선을 다하던 나의 지식과 어휘력은 금방 동이 나기 시작했다. 내가 그려왔던, 아이의 지적인 호기심을 소재로 함께 나누는 대화가 초조함으로 끝나버릴 지경이었다. 스마트폰으로 아이 몰래 검색이라도 해야 하나 싶은 순간, 아이의 질문이 잠시 줄어들었다. 그때를 놓치지 않고 내가 물었다.

"그런데 백두산은 어떻게 알았어? TV에서도 백두산 한 번도 본 적 없는데 신기하다."

그러자 아이는 어깨를 으쓱하더니 그것도 모르냐는 얼굴로 대답했다.

"원숭이 엉덩이는 빨개에 나오잖아. 그래서 알았지."

순간 머리에서 땡 하는 종소리가 울리는 것 같았다. 간신히 정신을 차린 나는 중얼거렸다.

"원숭이 엉덩이는 빨개. 빨가면 사과 사과는 맛있어"

그러자 아이는 신난 표정으로 라임을 이어갔다.

"맛있으면 바나나. 바나나는 길어. 길으면 기차. 기차는 빨라. 빠르면 비행기"

나는 홀린 듯이 아이와 입을 맞췄다.

"비행기는 높아. 높으면 백두산"

"맞아, 엄마. 백도산이 여기에 나오잖아. 엄마도 알았어?"

"응. 알았어. 그런데 엄마는 그냥 노래라고만 생각했네."

자꾸만 목소리가 잦아들었다. 좀 전까지 아이의 과학적인 호기심에 부응하기 위해 휴화산과 활화산, 용암과 마그마에 대하여 열을 올려 설명했던 내가 너무 한심하게 느껴졌다. 그런 나의 마음을 아는지 모르는지 아이가 다시 입을 열었다.

"엄마, 난 이런 것도 알아. 코.카.콜라. 맛.있다. 맛.있.으.면. 더. 먹.지. 딩.동.댕. 척.척.박.사.님. 알.아.맞.춰. 보.세.요. 어때? 멋지지?"

눈물로 배운
한글

최근에 아이는 한글 읽기와 쓰기에 도전했다. 또래 친구들보다 한참이나 늦은 시작이었다. 갖은 궁리 끝에 한창 곤충에 관심을 보이는 아이에게 한 가지 조건을 걸었다.

"방학하면 엄마랑 곤충박물관 갈래?"
"좋아. 좋아. 완전 좋아."
"방학하려면 아직 스무 밤 넘게 남았거든. 그때까지 한 가지만 해내면 곤충박물관 엄마가 예약할게. 체험도 할 수 있을지 몰라."
"좋아. 좋아. 한 가지가 뭔데? 나 할래. 할래."
"그건 바로 곤충박물관 가기 전까지 곤충 이름 10개 읽기랑 쓰기. 어때? 할 수 있을까?"

아이는 아주 잠시 고민하더니 이내 대답했다.
"알았어. 한 번 해볼게."

이렇게 긍정적인 반응은 처음이었다. 아이와 함께 단기속성으로 곤충 이름 외우기 작전을 시작했다. 먼저 커다란 종이에 곤충 이름을 쓰고 일단 글자 수에 맞춰 아이가 카드를 뽑도록 했다. 처음에는 아무 카드나 뽑던 아이가 시간이 지나자 고민하면서 카드를 골랐다.

"사.마.귀는 세 글자지? 그러면 이거랑 이거?"

까막눈 주제에 사마귀와 잠자리가 쓰인 카드 두 개를 골라낸 아이가 얼마나 기특했는지 모른다. 하지만 그 이후부터 퀴즈 아닌 퀴즈에 계속 오답을 고르던 아이는 곤충 이름을 읽지 못하는 상황에 짜증을 내기 시작했고 사슴벌레에서 눈물을 보였다.

"엄마, 너무 힘들어. 안 하면 안 돼? 하기 싫다고"
"나비는 잘 썼네! 개미 썼으니까 이번엔 매미 한 번 써보자!"

나는 못 본 척 못 들은 척 수업을 이어갔다. 봉인되었던 교육열이 끓어올랐다. 20일 간의 열혈 수업 끝에 곤충박물관 체험을 예약한 그 날 아침, 아이는 마침내 곤충 이름 10개를 썼다. 매미, 말매미, 말벌, 장수말벌, 장수하늘소, 나비, 나방, 개미, 사슴벌레, 장수풍뎅이. 나는 벅찬 감동에 입을 틀어막고 내적 비명을 질렀다. 부처님, 역시 우리 아이는 천재였나 봐요. 감사합니다.

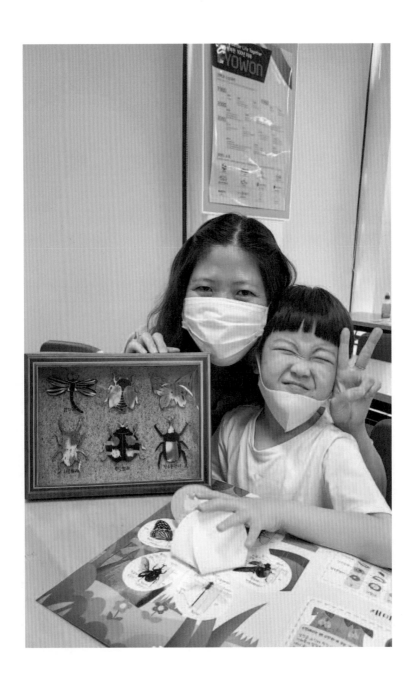

아기부처

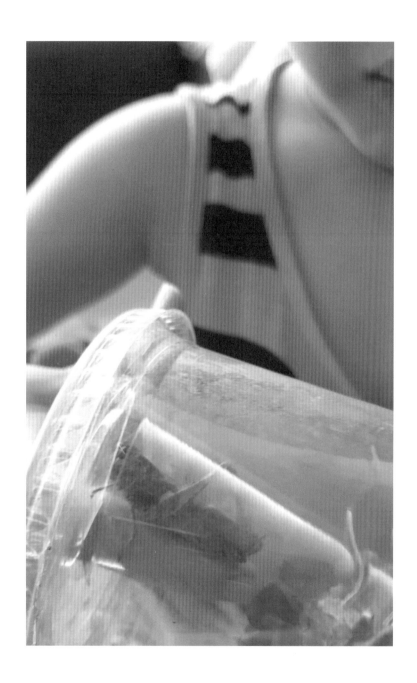

엄마보살

나랏말싸미

아이가 곤충 이름 10개를 스스로 쓴 후 한글 떼기는 시간문제라고 생각했다. 한동안 매일 잠들기 전까지 곤충 이름 말하기를 했는데, 아이의 응용력에 놀랄 때가 한두 번이 아니었다. 내가 사슴벌레를 말하면 아이는 넓적사슴벌레, 왕사슴벌레, 애사슴벌레, 두 점박이 사슴벌레를 줄줄이 말했다. 그뿐인가. 내가 개미를 말하면 아이는 흰개미, 불개미, 곰개미, 왕개미, 사무라이개미, 가시개미를 차례차례 말했고 내가 꿀벌을 말하면 기다렸다는 것처럼 말벌, 장수말벌, 호박벌, 뒤영벌, 쌍살벌, 왕바다리를 말했다. 고백하건대 나는 아이와 곤충 이름 말하기에서 패배할 때마다 정말 행복했다. 아이의 똑똑함에 취해 행복 호르몬이 마구마구 솟구쳤다. 그런데, 한글 떼기에 대한 느긋한 마음이 슬슬 옅어질 무렵, 아이와 읽기 놀기를 하다가 이상한 상황을 만났다.

아이는 '사슴벌레'를 쓸 줄 알았으나 '사슴'과 '벌레'를 따로 쓰지 못했다. '장수말벌'을 쓰면서도 '장수'와 '말' 그리고 '벌'

을 따로 써보라고 하자 펜을 손에 든 채 멍한 표정을 지었다. 아이의 반응에 도리어 내가 더 황당했다. 궁여지책으로 아이에게 다른 문제를 냈다. 맞추기 쉬운 문제를 내면 좀 나을까 싶어서 '벌'을 써보라고 하자 아이는 신중하게 '늘'을 쓰더니 '늘' 자 앞에 '하'를, 뒤에는 '소'를 쓰고는 굉장히 뿌듯한 얼굴로 '하늘소'라고 외쳤다. 아이가 하늘소를 쓰고 좋아하는데 나는 어쩐지 하늘이 무너지는 기분이 들었다. 혹시나 해서 '하늘'을 써보라고 하니 아이의 표정이 다시 복잡해졌다. '소'를 써보라고 했을 때도 마찬가지였다. 갑자기 숨이 턱 막혀왔다. 지난 몇 주 동안 아이를 붙들고 내가 뭘 한 것인지 허무했다.

아이는 20일 동안 10개의 곤충 이름은 썼지만, 가나다라는 깨우치지 못했다. 10개 남짓한 곤충 이름을 그림으로 외운 것이었다. 한글을 전혀 이해하지 못하니 모양을 외운 곤충 이름 외에는 전혀 읽거나 쓰지 못했다. 세종대왕께서 훈민정음을 반포하고 집현전 학자들과 더불어 수정 보완을 거친 후 마침내 해례본을 만들 때, 정인지는 해례본에 서문을 쓰면서 훈민정음을 이렇게 평했다.

"슬기로운 사람은 하루아침을 마치기도 전에 깨우치고, 어리석은 이라도 열흘이면 깨우칠 수 있다."

나는 분명 한글을 깨우치기까지 열흘이 넘게 걸렸다. 내가 어리석은 사람인 것은 괜찮았는데, 아이가 한글을 읽지 못하자 이 서문이 목에 가시처럼 걸린다. 나는 아이를 '슬기로운 사람'이라고 확신했기 때문이다.

일만 오천구백이십 원의 행복

한글과 잠시 거리두기를 하며 마음을 재정비하면서 아이와 숫자놀이를 했다. 숫자는 한글보다 읽기도 쉽고, 쓰기도 쉬운지 아이가 아주 즐거워했다. 그 모습에 다시 교육열이 들끓었다.

"이거 한 번 읽어 볼래?"

나는 아이에게 '15,920원' 이라는 숫자가 쓰여 있는 가격표를 가리키며 말했다. 아이는 내 표정을 살피며 고민했다. 아는 숫자라도 맞게 읽어야 엄마가 장난감을 사주리라는 것을 아이는 이미 알고 있었다. 아이에게 읽는 방법을 가르쳐준 뒤 '19,360원' 이라고 쓰여 있는 다른 가격표를 읽어 보라고 했다. 아이는 단위가 뒤죽박죽된 숫자를 외쳤다.

"십 구백 삼백육십? 십 구백 삼천육십?"

나는 단호하게 고개를 저으며 말했다.

"엄마는 기다릴 수 있어. 모르면 물어봐. 물어보면 알려줄게. 여기 있는 숫자들 스스로 읽을 수 있게 되면 엄마를 불러. 알았지?"

카트를 끌고 장난감 코너를 20바퀴 넘게 돌며 인고의 시간을 흘려보냈다. 다리도 아프고 슬슬 지루하고 힘든데 아이의 눈빛은 점점 초롱초롱해졌다.

"엄마! 이거 일만 오천구백이십! 이건 일만 오천구백이십이야. 맞아?"

정답이었다. 나는 눈이 휘둥그레져서 아이에게 달려갔다. 혹시 우연인가 싶어 나는 줄줄이 다른 가격표를 손가락으로 가리키며 아이에게 읽어 보라고 했다.

"일만 구천구백! 구천칠백! 삼만 오천육백! 구천구백!"

아이는 거침없이 정답을 쭉쭉 외쳤다. 그날 아이는 그토록 갖고 싶던 장난감을 성취했고, 나는 한글을 가르치며 무너졌던 마음을 일으켜 세울 수 있었다. 일만 오천구백이십 원이 준 치유와 회복의 선물이었다.

왜 두 줄인
건데!

그렇게 피하고 또 피하고 숨고 도망쳤는데, 결국 만나고 말았다. 이제는 너도나도 코로나에 대해 무감해졌을 때, 코로나는 아이에게 찾아왔다. 확진 후 격리 해제까지 일주일 그리고 주말 이틀을 더한 열흘 내내 아이는 정말 보고 싶은 모든 TV 프로그램을 다 보고, 곤충 유튜브도 실컷 시청했다. 밥도 거부하고, 그 좋아하던 라면 간식도 마다하고, 귤만 먹으면서 약 기운에 축 처져있다가 잠들기를 반복하는 아이는 곤충 유뷰트를 볼 때만 그나마 눈을 반짝거리며 활기를 찾았다.

"유튜브 그만 봐. 눈 아프겠다. 눈 나빠지면 안 되잖아. 책으로 봐. 엄마랑 같이 책 읽자."

이 말이 목구멍까지 올라왔으나 다시 꾹꾹 눌렀다. 밖에 나가지 못하고, 집에서도 마스크를 한 채 있어야 하는 아이의 유일한 즐거움을 어떻게 빼앗는단 말인가. 남편은 크리스마스에 받기로

했던 블록을 연달아 아이에게 선물했다. 기분이 좋아지면 코로나도 잘 이겨낼 것이라는, 큰마음으로 준 선물이었다. 그런데 아이의 반응은 기대보다 훨씬 미지근했다.

"이거 봐봐! 엄청 멋지지 않아? 3단 합체에 변신까지 된다니까! 아빠랑 같이 한 번 설명서 보면서 조립해볼까?"
"아빠가 해. 나 피곤해. 잘래."

길고 길었던 일주일이 지나고 격리해제일 다음 날 아침, 살짝 설레는 마음으로 진단 키트를 했는데 안타깝게도 여전히 두 줄이었다. 격리 기간 내내 밖에 나가는 날을 손꼽아 기다렸던 아이는 두 줄을 확인하자 살짝 충격을 받은 것 같았다.

"약도 먹고, 밥도 먹고, 밖에도 안 나갔는데 왜 아직도 두 줄이야!"

하늘이 무너진 것처럼 슬픈 얼굴로, 눈물이 그렁그렁한 채 왜 아직도 두 줄이냐는 아이의 물음에 나는 아무 대답도 할 수가 없었다. 하지만 엄마란 무릇 임기응변의 달인이 아니던가. 나는 재빨리 아이가 납득할 만한 '거리'를 생각해냈다. 식욕이 없어지면서 먹는 양이 확 줄어든 아이는 화장실에 잘 가지 못하고 있었다.

아기부처

"오늘 아직 응가를 안 해서 바이러스가 몸에 남아있어서 그래. 요즘 정산이가 밥을 잘 안 먹었잖아. 밥을 잘 먹어야 응가도 잘 할 수 있고, 밥을 잘 먹어야 바이러스랑 싸울 힘도 생기는 건데. 응가랑 함께 코로나바이러스가 응가로 나가야 하거든. 응가하고 검사하면 한 줄 나왔을 텐데..."

아이가 반신반의한 눈으로 나를 바라보았다. 아이의 얼굴이 정말이냐고 묻고 있었다.

"일단 아침부터 먹자. 과일도 먹고, 따뜻한 물도 마시고 하면 신호가 올거야. 오늘이나 내일 응가하고 나서 내일 다시 검사하면 분명히 한 줄 나올 거야."
"빨리 응가하고 나서 검사하면 좋겠다."

아이가 믿어준 덕분에 나는 밥과 과일, 간식 등을 양껏 먹일 수 있었다. 격리 기간 동안 한두 숟가락만 먹고 나면 배가 부르다며 밥을 안 먹는 아이 때문에 밥때마다 마음고생했던 것이 싹 내려가는 기분이었다. 다음 날, 아이의 진단 키트에는 한 줄이 떴다. 아이는 소리를 지르고 방방 뛰면서 기뻐했다. 내심 두 줄이 나왔던 것이 굉장히 불안했던 것 같았다. 격리해제일도 완전히 지났고, 확실하게 한 줄이 나온 기념으로 집 앞 공원을 한 바퀴 돌고 동네 마트에 갔다. 그 짧은 산책에도 아이는 들뜬 마음을 감추지 못했다.

일상의 소중함과 행복을 온몸으로 느끼는 아이의 모습을 보며 다행이다, 딱 지금만 같으면 좋겠다는 생각이 아주 잠깐 머리를 스치고 날아갔다.

패배는
괴로워

평소에도 그랬지만 아이와 친구들은 최근에는 체력 자랑에 푹 빠졌다. 서로 누가 빠른가, 누가 힘이 센가, 누가 더 오래 매달리나, 누가 더 높은 곳에서 뛸 수 있나 등등을 놓고 끝없이 겨룬다. 어지간한 일에는 아이들끼리 놀게 두지만 갈등이 다툼으로 이어질 조짐이 보이면 나는 얼른 출동한다. 날로 커져가는 아이의 승부욕이 염려되어 유치원 선생님께 여쭤보자 자연스러운 성장 과정이라며 내년에는 친구들과 투닥투닥 거리는 일이 많아질 수도 있으니 너무 놀라지 마시라는 말을 들었다. 그러던 중 놀이터에서 팔씨름이 벌어졌다.

아이는 팔씨름에 아주 자신만만했다. 집에서 종종 아빠와 엄마, 할머니를 상대로 팔씨름을 할 때마다 연승 무패를 달성해왔기 때문이다. 아빠, 엄마, 할머니는 마냥 아기라고 생각했던 아이가 어느새 제법 힘을 쓰면서 팔씨름에 임하는 아이가 대견하여 매번 져주곤 했다. 우리의 연기력이 너무 탁월했기 때문인지, 아이는 자신을 팔씨름의 고수라고 여겨 왔다.

유치원 아이들의 시합을 재밌게 지켜보던 한 초등학생 형이 자신을 이기면 상금으로 천 원을 주겠다고 했다. 그러자 아이들의 승부욕이 더욱 불타오르기 시작했다. 그중에서도 우리 아이가 가장 진심으로 상금과 승리에 집착했다. 결과는 패배, 패배, 패배의 연속이었다. 패배를 받아들일 수 없던 아이는 오른손, 왼손 심지어 두 손으로 팔씨름했으나 무슨 수를 써도 형들을 이길 수 없었다. 친구와 비기는 것도 힘들었다. 연달아 팔씨름에서 진 아이는 조용히 눈물을 흘렸다. 슬픔을 꾹 참으며 눈물을 닦는 아이에게 말했다.

"만약 지금 놀이터에 있는 네 살, 다섯 살 동생들하고 팔씨름 하면 네가 당연히 다 이겼을 거야. 하지만 너보다 힘이 세고 잘하는 형하고 시합을 했기 때문에 진 거지. 졌다는 건 잘하는 사람하고 시합을 했다는 거야. 그건 속상할 일이 아니야."

아이는 잠시 후 놀이터로 돌아갔다. 아이를 본 한 초등학생 형이 다가와 혼신의 연기력으로 오른팔과 왼팔을 모두 아슬아슬하게 져주었다. 지켜보던 나는 안도의 한숨을 내쉬었고, 아이는 다시 자신감을 회복했다. 그 순간 아이가 가장 따르는, 장난기 많은 초등학생 형이 다가왔다. 나는 급히 작은 목소리로 속삭였다.

"겨우 달랬다. 흐지므르(하지 마라). 울리지 마라."

초등학생 형은 완승으로 이기기 직전 갑자기 팔에 힘이 빠진 척 아이에게 져주었다. 그러자 아이의 얼굴에 웃음꽃이 활짝 피어났다. 그날 나는 시장에서 귤을 사다가 아이와 팔씨름해준 초등학생들에게 나눠주었다. 뇌물은 아니고 감사의 표시였다. 명절 씨름만큼이나 뜨겁고 흥미진진했던 팔씨름 시합을 마치고 집으로 돌아오는 길에 아이가 물었다.

"엄마, 그런데 만약 이 세상에서 힘이 제일 센 다섯 살 동생이랑 팔씨름을 하면 어떨까? 이 세상에서, 우주에서 제일 힘이 센 다섯 살이야."

"음, 만약 이 세상에서, 우주에서 제일 힘이 센 다섯 살 동생이 이기면, 그 아이는 무려 여섯 살 형아를 이긴 팔씨름 챔피언이 되겠지? 엄청 멋진 다섯 살이 되는 거지."

"엄마, 그럼 내가 이기면"

"그럼 넌 그냥 다섯 살 동생을 이긴 여섯 살 형아가 되는 거지. 동생을 이긴 거니까 하나도 안 멋지지."

아이는 한참을 골똘하게 생각하더니 말했다.

"그럼 다섯 살 동생이랑은 팔씨름을 하지 않는 게 낫겠다. 그렇지, 엄마? 그런데 그거 알아? 다섯 살 동생이 한 살을 더 먹으면

여섯 살이 돼. 그럼 날 일곱 살이 되겠지? 내가 계속 형이 되는 거다? 엄마 그거 알았어?'

'그래, 네 팔뚝 굵다. 이 여섯 살 어린이야!'

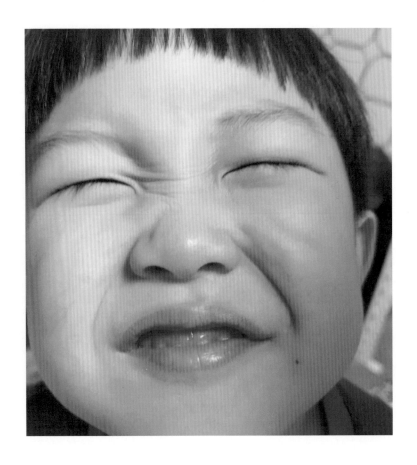

아기부처

기뻐 그리고
즐거워

동네 아이들의 아지트나 다름없는 놀이터는 요즘 감기가 대
유행이다. 아침저녁으로 쌀쌀해졌다 싶더니 콧물과 기침을 동반
한 감기가 순식간에 번져버린 것이다. 다행인지 불행인지 아이들
대부분 코로나를 앓았기에 감기에는 그다지 동요하지 않았으나
콧물을 훌쩍거리고 콜록거리면서도 꼭 놀이터에 가야한다는 아
이를 달래는 것은 너무 어려운 일이다. 아니나 다를까. 술래잡기
를 한다며 몇 번 달리던 아이가 헛구역질을 하면서 오는 것이 아
닌가. 한숨이 나는 것을 참으며 예쁜 목소리와 고운 말투로 아이
에게 말했다.

"오늘은 그만 집에 가자. 조금 뛰기만 해도 자꾸 으악질(헛구
역질) 나오잖아. 자꾸 으악질하면 너 너무 힘들어. 그러니까 오늘
은 이만 들어가자."

"아니야, 엄마. 난 하나도 힘들지 않아. 기뻐. 저렇게 친구들

엄마보살
153

이 웃는 모습을 보면 기뻐. 친구들이 좋아하는 얼굴 보면 즐거워. 힘들지 않아. 그러니까 괜찮아."

아이의 시선을 따라가자 아이의 친구들이 웃으며 놀고 있었다. 나는 그 자리에 서서 아이의 말을 몇 번이나 곱씹었다. 누군가가 웃는 모습을 보는 것만으로 내 마음이 기쁘고, 누군가가 좋아하는 모습을 보는 것만으로 즐거워서 힘든 것쯤은 아무것도 아니라는 아이의 말이 왜 그렇게 마음을 울렸는지 모른다. 자신의 마음을 솔직하게 소리 내어 말하는 아이가 새삼 대단하게 느껴졌다. 아이는 어쩌면 이렇게 대단한 말을 아무렇지 않게 할 수 있을까.

'네가 그렇게 말해줘서 엄마도 기뻐. 네가 좋아하는 얼굴 보면 즐거워서 힘든 것도 다 사라져.'

엄마보살

아기부처
156

인생
고민

2022년, 수원에서는 무려 4년 만에 정조대왕 능행차가 있었다. 코로나로 인해 기약 없이 연기되었던 축제가 다시 열리자 들뜨고 설레는 마음으로 행사를 기다렸다. 그런데 축제 당일 비가 쉬지 않고 내렸다. 화창한 가을 날씨를 기대하며 축제를 기다렸던 사람들은 느닷없는 맹추위에 오들오들 떨었고 비를 쫄딱 맞은 능행차는 대대적으로 축소되었다. 우리 가족도 축제를 구경하기 위해 길을 나섰다가 비와 추위를 피해 일단 카페로 들어가 몸을 녹였다. 지루해하는 아이를 달랠 겸 '어떻게 안전하게 축제를 구경할 것인가'를 주제로 가족회의를 해보자고 제안했다. 그러자 아이의 눈이 갑자기 반짝거리기 시작했다.

"회의 시작합니다. 탕탕탕"

가족회의는 아주 그럴듯하게 진행되었다. 모두 존댓말을 썼고, 손을 들고 허락받은 후에 발언할 수 있었다. 그리고 발언권을

인정받은 사람이 말을 끝낼 때까지 나머지 사람들은 조용히 경청해야 했다. 아이는 이 규칙을 순식간에 이해했고 회의에 임하는 태도도 훌륭했다. 이대로라면 100분 토론도 흐트러짐 없이 가능할 것 같았다. 알고 보니 이유가 있었다. 아이는 회의 시작과 안건 종료 후에 테이블을 세 번 탕탕탕 치는 재미에 푹 빠져버린 것이다.

"회의 끝났습니다. 탕탕탕"

그날 이후 아이는 가끔 회의와 진행을 자처하곤 했다. 엉터리 판사봉을 손에 들고 자신의 재량대로 발언권을 주고 회의를 시작하고 끝낼 수 있는 권력을 아주 즐겁게 사용했다. 회의하는 재미에 들린 아이는 사촌들과 만났을 때 잘 놀던 중 갑자기 회의를 주도했다. 잠깐 놀다 끝나겠지 싶어 지켜보는데 주제가 사뭇 심각한 것이 아닌가. 나는 방청객처럼 얼른 회의에 참관했다.

"회의 시작합니다. 탕탕탕(아이, 6살)"
"회의 주제는 무엇입니까?(작은 조카, 7살)"
"회의 주제는 인생입니다.(아이)"
"회의 때는 존댓말만 해야 합니다.(큰 조카, 10살)"
"네, 알겠습니다. 먼저 말씀하실 분 손 들어주세요.(아이)"

아이의 진행에 맞춰 큰 조카와 작은 조카 그리고 나까지 손을 번쩍 들었다. 가장 먼저 손을 든 큰 조카가 인생 고민을 이야기했다.

"저요! 제 고민은 숙제입니다. 저는 매일 숙제 두 개를 해도 해야 할 숙제가 또 남아 있습니다. 숙제는 매일매일 해도 밀립니다. 이것이 제 고민입니다.(큰 조카)"

아이들이 예의를 갖춰서 질서 있게 발표하는 모습은 정말 신기하면서도 재미있었다. 숙제와 선물에 대한 아이들의 불만과 고민이 더 커지기 전에 내가 나섰다.

"진행자님, 저도 하고 싶은 말이 있습니다. 여러분의 지혜를 모아 주세요. 지금 고민이 생겼습니다. 제 앞에 꽃미남이 세 명이나 있기 때문입니다. 조현서(큰 조카), 조민서(작은 조카), 김정산(아이) 이 세 명이 다 너무 잘생겼습니다. 이 셋 중에 누가 가장 꽃미남일까요? 저는 정할 수가 없습니다. 이게 저의 가장 큰 고민입니다.(나)"

내 말이 끝나기가 무섭게 아이들은 손을 들며 진행자에게 외쳤다.

"저요! 제가 제일 꽃미남입니다."

"아닙니다. 제가 가장 나이가 많고 태권도를 잘하니 제가 꽃미남입니다."

"저는 영어말도 할 줄 압니다. 알파벳도 다 압니다. 그러니까 제가 꽃미남입니다."

꼴찌도 없고, 삐진 사람도 없는 세상에서 제일 공정한 가족회의와 꽃미남 선발대회가 마무리되었다.

아기부처

첫눈과 함께
온 것은...

아침에 일어나자마자 밤새 내린 눈을 확인한 아이의 입이 헤벌쭉 벌어졌다. 나는 흥분한 아이에게 적당히 맞장구를 쳐 주면서 어서 눈이 녹기를 간절히 기다렸다. 하지만 그런 내 바람을 비웃듯 눈은 다시 내리기 시작했다. 눈이 빠르게 쌓여가는 것을 보면서 안절부절하던 아이는 결국 아침을 먹기도 전, 두툼한 바지를 입고, 모자와 장갑을 챙겨서 나갔다.

오랜만에 고요한 아침이었다. 현관문이 달칵 닫히고 나자, 나는 그 고요함을 즐기고 싶었다. 조용한 집에서 따뜻한 차 한잔을 마시며 창밖으로 내리는 눈을 구경하고 싶었다. 하지만 그럴 여유 따위는 없었다. 재빨리 밥을 하고 아이가 돌아오면 먹을 뜨끈뜨끈한 국을 끓였다. 한 시간 가까이 눈 구경을 하고 돌아온 아이는 지친 기색 하나 없이 신발을 벗으며 나에게 말했다.

"엄마, 밥 먹고 나 또 나갈 거야."

"그래. 그래도 밥을 잘 먹고 나가야 오랫동안 재밌게 놀지. 그러니까 밥부터 먹자."

"응, 근데 엄마 내가 제일 먼저 밥 다 먹으면 나 누구랑 나가?"

"엄마랑 나가지. 일단 밥부터 먹자. 그리고 오늘 유치원 가는 날이야."

"아차차, 유치원 가는 날인 거 깜빡했어. 그런데 엄마..."

아이가 세상 달콤한 눈으로 나를 바라보며 말끝을 흐린다. 나는 얘기해, 라고 말하며 아이의 말을 기다렸다.

"나 오늘 유치원 안 가면 안돼?"

순간 머릿속에서 울화 버튼이 경고음을 보내기 시작했다.

"유치원은 가야지. 눈 와서 신난 건 아는데 오늘 다 학교 가고 유치원 가는 날이라 놀러 나가도 아무도 없을 거야. 친구들이랑 같이 놀아야 더 재밌지."

나는 최대한 상냥한 목소리로 말했다. 그러자 아이는 미련이 뚝뚝 흐르는 목소리로 어깨를 축 늘어뜨리며 중얼거렸다.

"나도 알아. 하지만 아무도 없어도 나 혼자 잘 놀 수 있는데 ..."

달콤한 웃음을 눈에 걸고 나를 바라보던 아이의 얼굴이 내 눈치를 살피는 표정으로 변해갔다. 울화 버튼이 위험 신호를 보냈다.

"일.단. 들.어.와.서 손.씻.고 밥.부.터. 먹.어 이.리. 와.서. 빨.
리. 앉.아"

아침을 먹고 난 후 아이는 시위하는 것처럼 속 터지게 느릿느
릿한 걸음으로 유치원에 갔다. 하지만 그날 오후, 집으로 돌아올
때는 세상 신나는 얼굴이 되어 있었다. 유치원에서 친구들과 함께
눈사람도 만들고 눈놀이도 실컷 했다는 것이었다.

즐거운 눈과 함께 우리 집에 온 것은 아이의 가벼운 몸살이었
다. 눈이 다 녹을 때까지, 최후의 눈이 녹을 때까지 아이는 포기하
지 않고 열심히 뛰어놀았다. 함께 놀던 다른 친구들이 감기에 걸
리고 난 후 가장 마지막으로, 아이는 결국 몸살이 났다. 다음 날 아
침, 눈이 모두 녹았다. 다행이었다.

꾀병이 아닐 때
엄마는

아이의 감기와 몸살은 늦은 만큼 세게 왔다. 새벽에 일어난 후 다시 잠들지 않았던 아이는 아침이 되자 피곤하여 어쩔 줄을 몰랐다. 식욕도 없었고, 밥을 먹지 못한 채 점심시간이 되어 가자 허기에 시달리면서도 먹고 싶은 음식이 없었다. 아이가 힘없는 목소리로 말했다.

"엄마 나 라면 해줘. 김밥이랑 같이 먹을래."

무슨 라면이냐고 소리를 지르고 싶었지만 꾹꾹 눌러 참고 라면을 끓이고 김밥을 만들었다. 가장 좋아하는 라면을 앞에 두고, 아이는 한 젓가락을 먹고 나자마자 배가 부르다고 했다. 김밥은 몇 개 먹는 듯 하더니 이내 소파로 돌아가서 누워버렸다. 동시에 먹은 것을 다 토해냈다.

아이에게 화가 났던 감정이 부끄러워지는 순간이 있다. 아이가 진짜로 아프다는 것을 알게 되었을 때다. 아이에게 억지로 밥을 먹이지는 않았으나 나는 분명 화가 났었다. 아이가 제대로 잠을 안 자서 식욕이 없다고 생각했다. 평소보다 잠을 안 잔 이유는 너무 많이 놀고 들어온 흥분 때문이었다. 적당히 놀아야 하는데 기운이 똑 떨어질 때까지 놀고, 잘 자야 하는데 못 자고 그 결과 식욕을 잃었으니 차근차근 과거를 짚어갈수록 부아가 치밀었다. 회복하려면 잘 먹어야 하는데 밥도 안 먹으니 그야말로 짜증이 치밀어 올랐다. 하지만 아이가 토한 직후부터 나의 모든 감정은 부끄러움으로 돌아왔다.

'진짜 아팠구나. 피곤해서 못 잔 것이고, 피곤해서 입맛이 없었는데 엄마 생각해서 먹어보려고 하다가 결국 토했구나. 진작 알아챘어야 하는데 왜 몰랐을까.'

지나고 나면 선명하게 알 수 있는데 그 순간에는 보이지 않는 것들이 있다. 아이의 컨디션도 그렇다. 그렇게 나는 아이의 토사물을 치우며 흘러넘치는 후회와 자책의 감정을 함께 닦았다. 미안한 마음에 착한 엄마 상태로 변신했더니 아이의 상태는 오히려 좋아 보였다. 피곤한데 먹은 음식을 전부 게워내고 나자 아이의 얼굴은 개운해 보였다. 서둘러 병원에 데려갔는데 다행히 감사하게도 단순한 소화불량으로 보인다는 말과 함께 약을 처방받았다. 병원에 다녀와 잠시 쉬고 나자 아이의 상태는 눈에 띄게 좋아졌다.

약을 먹고 다시 밥을 먹을 때는 식욕도 회복됐다. 그렇게 마음 졸이며 하루가 지난 뒤 다음 날, 아이는 평소처럼 기운차게 하루를 시작했다. 식욕을 회복하자마자 아이가 말했다.

"엄마, 나 피자랑 감자튀김 먹고 싶어."
"피자는 지금 안돼. 감자튀김은 엄마가 해줄게."
"아니, 엄마 감자튀김 말고 미국 감자튀김 먹을래. 미국 감자튀김이 더 맛있어."

아이는 혹시라도 내가 직접 건강한 감자튀김을 만들어줄까 걱정이 되는지 미국 감자튀김이 얼마나 맛있는지 열변을 토했다. 결국 남편이 패스트푸드 점에 가서 감자튀김을 사 왔다. 아빠가 사 온 감자튀김을 맛있게 먹은 아이는 흡족한 얼굴로 말했다.

"감자튀김은 엄마 감자튀김보다 미국 감자튀김이 맛있지만, 하지만 김치전은 엄마가 한 게 제일 맛있어."
"그래? 고맙다. 라면은?"
"라면은 요리사님(=분식집) 라면이 1등, 엄마가 2등이야."
"그렇구나. 알았어."

놀랍도록 객관적이고 냉정했으나 생각해보면 1등이 하나라도 있으니 졌지만 잘 싸운 셈이라는 생각이 들었다.

엄마보살

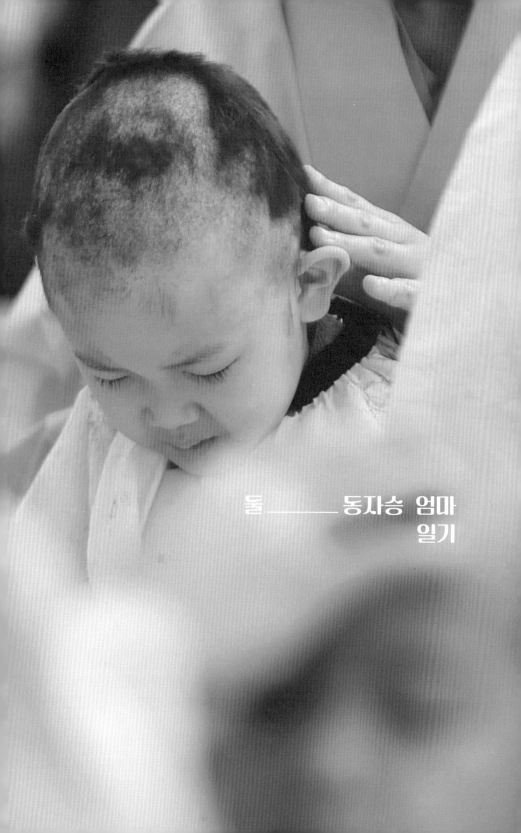

둘 ——— 동자승 엄마
일기

아기부처

살짝 설레었어,
난

조계사 보리수 새싹 학교 동자승 단기출가 소식을 보았다. 2019년 이후 코로나 팬데믹으로 아스라이 사라졌던 동자승을 올해 다시 시작한다는 이야기에 살짝 설레었다. 2019년은 정산이가 조계사에서 영유아 법회에서 마정수기를 받은 해이다. 그해 겨울, 코로나가 터지면서 절에 가는 것은 엄두도 낼 수 없었다. 그렇게 잊고 지냈던 동자승이 다시 시작되다니! 그것도 정산이 딱 일곱 살인 지금 다시 시작한다는 것이 너무 기뻤다. 왜냐하면 동자승은 6~7세 남자아이들만 지원할 수 있기 때문이다. 6살이었다면 보내기 망설였을 것이고, 8살이었다면 보낼 수 없었다. 그렇게 일곱 살 아들의 동자승 단기출가 작전이 시작되었다.

은밀하고
위대하게!

아무도 모르게 보리수 새싹 학교에 지원서를 보냈다. 남편과 함께 상의할 수도 있었으나 '아이를 보낼 수 없는 108가지 이유'를 끊임없이 설할 것이 눈에 보이고 귀에 들리는 것 같았다. 10년 동안 부부로 살면서 터득한 요령에 따라 일단 운만 살짝 띄운 상태로 '김정산 동자승 단기출가 작전'을 진행했다. 물론 가장 중요한 것은 정산이의 결정이다. 나는 유치원 새 학기가 시작하자마자 등원과 하원을 할 때마다 같은 질문을 아주 부드럽고 정성스럽게 던졌다.

"정산아, 스님 집에 엄마 아빠 없이 자고 오는 거 어때?"
"정산이 같은 일곱 살 친구들이랑 여섯 살 동생도 같이 지낼 거야. 재밌겠지?"
"정산이 스님 집 가본 적 있지? 모래놀이도 마음껏 할 수 있어."

아이의 마음이 서서히 긍정적으로 바뀔 수 있도록 나는 공들여서 동자 스님들의 이야기를 들려주었다. 면접을 거쳐 입방 때까지 당연히 크고 작은 고비들이 있겠지만 당사자인 정산이가 동자승 하러 가는 것에 서서히 스며들고 있으니 정말 감사한 일이다.

아기부처

면접

동자승 면접일이 잡혔다. 아이가 스스로 치러야 하는 생애 첫 면접이다. 문자를 받은 후 괜히 내가 더 긴장하여 마른침을 삼켰다. 그런데 아이의 면접일이 하필 지방 출장일과 겹쳤다. 면접을 다른 날로 바꿀 수 있을지 물어보았으나 날짜를 바꾸는 것은 불가능했다. 오랜 고민 끝에 보호자로 엄마나 아빠가 아닌 다른 가족이 동행해도 되는지 여쭤보았다. 가장 중요한 것은 동자 스님이 될 당사자이므로 엄마, 아빠가 함께 오기 어렵다면 보호자가 다른 가족이어도 괜찮다는 답을 들었다. 통화를 마치고도 어떻게 해야 할지 며칠을 고민했다. 고민하고 또 고민했으나 사실 답은 이미 정해져 있었다.

"여보세요, 엄마, 나야. 엄마 토요일에 약속 있어? 있으면 안 되는데..."

가장 안심할 수 있는 친정 찬스를 동원했다. 금요일 오후, 친정엄마와 아빠가 아이를 데리러 우리 집으로 왔다. 외가에 가져갈 장난감을 챙기는 아이에게 마지막으로 확인했다.

"엄마랑 아빠는 일이 있어서 외할아버지랑 외할머니 집에 가는 거야. 거기서 한밤 자고 나서 내일 토요일에 외할머니랑 둘이서 스님 집에 다녀와야 해. 알았지?"
"알았어."

엄마와 떨어져야 하는데 울거나 떼를 쓰지 않고 적당히 무심한 것은 다행이었다. 그런데 엄마 마음은 참으로 묘해서 아이가 괜찮으면 괜찮은 대로 괜히 서운해진다. 나는 아이에게 굳이 지금 말하지 않아도 될 일까지 열심히 덧붙여서 설명했다.

"외할머니, 외할아버지 집에서 엄마 아빠 없이 두 밤 자고 오는 거야. 할 수 있지?"

두 밤이라는 말에 아이가 나와 눈을 맞추더니 고개를 갸웃거린다.

"그건 한 번도 안 해봐서 잘 모르겠어."

잘 모르겠다는 아이의 대답에 어쩐지 마음이 놓이며 기분이 풀렸다. 살짝 안심한 나는 짐짓 단호한 목소리로 흐뭇한 웃음을 숨기며 당부했다.

"잘 모르면 안 되는데. 외할머니, 외할아버지랑 잘 지내고 와야 해. TV 많이 보지 말고."

아이가 외가로 가고 나자 집이 갑자기 고요해졌다. 산사의 암자에 와 있는 것처럼 소리가 사라져버린 것 같았다. TV 소리, 장난감 소리, TV를 그만 보라는 잔소리, 밥 좀 빨리빨리 씹으라는 한숨 섞인 소리, 물을 마시라는 소리, 그만 좀 뛰라며 버럭거리는 소리, 엄마 말이 안 들리냐는 짜증 섞인 소리, 앉아서 학습지부터 마무리하라는 화를 참는 소리 등등 온갖 소리로 조용할 날이 없던 거실에 어둠과 적막이 가득했다.

아이가 외가에 도착한 지 몇 시간 후 아이와 영상 통화를 했다. 벌써 뜨끈하게 외할머니표 목욕을 마치고 든든하게 밥까지 먹은 아이는 기분이 아주 좋아 보였다. 친정 거실에는 환한 빛이 가득하고, 안방에 틀어놓은 TV에서 만화 주제가가 들려왔다. 아이는 안방과 거실을 오가며 할아버지에게 장난을 치고 할머니에게 농담처럼 억지를 부리며 깔깔 웃어댔다. 둘이서만 살면서 하루에 열 마디조차 하지 않는 날이 더 많다던 외할아버지와 외할머니의 얼굴에도 웃음이 가득했다.

전화를 끊고 난 후 아이가 있는 저녁과 아이가 없는 저녁의 차이를 실감했다. 아이가 동자승을 하러 가고 나면 3주 동안 집을 비우게 될 텐데, 과연 나는 이 적막에 익숙해질 수 있을까 싶은 생각이 들었다. 다음 날 아침, 출장지에 도착한 후 아이가 면접을 잘 마쳤다는 소식을 들었다. 아이는 궁금한 것이 무척 많았는지, 면접을 보기 전에도 면접을 보면서도 내내 질문을 했다고 한다. 친정엄마가 보내준 동영상 속에서 아이가 면접 선생님에게 물었다.

"스님처럼 되는 거 왜 만들어진 거예요?"
"동자승 왜 만들어졌느냐고요?"
"네"
"부처님이 태어나신 날을 포교하기 위해서 만들어진 거예요."
"포교가 뭐예요?"
"여러 사람이 부처님오신날이랑 불교를 알아주었으면 좋겠어요, 하고 알리는 거예요."

아이는 선생님의 말씀을 들으며 제법 진지하게 고개를 끄덕거렸다. 그 순간 영상을 보던 나도 함께 고개를 끄덕거렸다. 같은 날 총 아홉 아이가 면접을 보았다고 했다. 정산이가 면접을 마쳤다는 소식을 들었을 때, 문득 보리수 새싹 학교 동자승 단기출가 과정을 기록으로 남기는 것도 의미가 있겠다는 생각이 들었다. 동자 스님들은 부처님오신날의 홍보대사이자 마스코트 같은 존재

엄마보살

이니 봉축 분위기를 고조시킬 수 있는 매체에 연재할 수 있다면 좋겠다는 바람이 있었다. 주제가 '동자승'이니 장기 연재가 아닌 특집 단기 연재 정도면 딱 맞을 텐데, 과연 받아주는 매체가 있을까 고민이 되었다. 어쨌거나 가장 중요한 것은 결국 글이다. 나는 지원서 제출부터 면접까지의 과정을 원고로 작성한 뒤, 연재처를 찾기로 했다.

헤어질
결심

불교신문에 봉축특집 단기 연재가 결정되었다. 보내드린 원고를 내부에서 좋게 봐주신 덕분이었다. 동자승이 아닌 동자승 엄마의 시선이 담긴 글이라는 점에서 신선하고 흥미진진하다는 이야기를 들었다. 팔짝팔짝 뛰고 싶을 정도로 기뻤다. 3월 말에서 4월 초, 불교박람회가 진행되는 나흘 동안 불교신문 식구들과 만날 때마다 감사의 인사를 드렸다. 여전히 반대하는 남편과 열 번, 백번 입씨름하는 것보다 신문에 나온 연재 기사를 보여주자는 것이 내 계획이었다. 연재가 결정된 덕분에 남편과 자잘하게 다툴 이유가 사라졌다. 다행이었다.

공교롭게도 나의 생일에 맞춰 〈7살 아들이 출가를 합니다〉 첫 기사가 나왔다. 감사하게도 인기 뉴스에 올라갔고 많은 사람에게 축하도 받았다. 신문 연재 덕분에 유치원에 교외 체험학습으로 인한 장기 결석을 설명하기 수월했다. 이제 정산이의 동자승 단기 출가는 공식화되었고, 학교와 유치원뿐 아니라 동네에서도 화제가 되었다. 동자 스님을 한 번도 본 적이 없는 사람들이 대부분이었기 때문이다. 정산이가 동자승을 하러 가게 된다는 것을 알게된 동네 할머니들을 정산이에게 장하다, 멋지다 칭찬해주시곤 했다. 정산이도 슬슬 으쓱한 기분을 느끼기 시작하는 것 같았다.

"저 김정산 일곱 살 유치원생 형아는 5월달에 동자승 하러 가요. 서울에 있는 스님 집으로요. 이십 밤 넘게 자고 올 거예요. 동자승 하러 가면 친구들이랑 오랫동안 못 보니까 지금 실컷 많이 놀아야 해요."

단골 식당과 콧물을 빼러 이비인후과에 갔을 때, 아무도 묻지않은 이야기를 스스로 술술 꺼낸다. 혹시라도 안쓰러워하면 어쩌나, 부정적인 반응이 있으면 어쩌나 노심초사하고 있는데 의사 선생님과 간호사 선생님들이 웃으며 이렇게 말씀하셨다.

"와, 정말? 정산이 지금도 멋진데 머리 깎으면 더 멋있겠는데?"

콧물을 뽑던 정산이가 뿌듯한 표정으로 거만하게 미소를 짓는다. 우습지만, 2단계 작전도 대 성공이다.

아이를 보내기로 결심하고 신청서를 낸 이후 나는 헤어질 준

비를 시작했다. 입방식까지는 두 달 가까이 남았으나 엄마 아빠와 떨어져 지내야 하는 출가 기간은 무려 3주였다. 아이가 태어나고 한 번도 이렇게 길게 떨어져 지낸 적은 없었다. 하지만 우리는 이제 곧 헤어져야 한다.

도반,
또 하나의 가족

보리수 새싹학교 동자승 단기출가에 동참하게 될 아이들과 가족들이 처음으로 한자리에 모였다. 이름하여 첫 오리엔테이션 이다. 꽃샘추위에 두꺼운 옷을 입었던 면접 때와는 또 다른 긴장과 설렘 속에 조계사로 향했다. 이번에는 남편도 동행했다. 화창한 날씨와 달리 남편의 얼굴은 수심이 가득했다. 아들과 헤어져야 하는 날이 다가올수록 남편은 마음이 편치 않음을 드러낸다. 선생님들 그리고 도반들과의 첫 만남인 오리엔테이션에 남편이 긴장한 것 같았다.

조계사 관음전 3층에 도착하자 사뭇 비장했던 것이 무색할 만큼 아이들의 떠들썩한 웃음소리가 들려왔다. 선생님들의 안내에 따라 명찰을 받아들고 방으로 들어가자 동자승 도반이 될 아이들이 색종이를 접으며 놀고 있었다. 부모들은 데면데면 어색했으나 아이들은 놀랄 만큼 순식간에 친해졌다. 어색하면서도 친근한 분위기 속에서 삼귀의와 반야심경이 시작되었다. 이어서 동그랗

게 앉아서 서로를 마주 볼 수 있게 자리를 바꾼 뒤 선생님들 소개가 있었다.

"동자승 선생님을 하게 되어서 정말 기쁩니다. 많은 준비를 했는데 코로나로 인해서 3년 동안 동자승 프로그램이 중단되어서 하지 못했는데요. 오랫동안 기다린 만큼 우리 스님들 이렇게 만나게 되어서 정말 반갑습니다."

선생님들의 표정과 목소리에는 절절한 진심이 담겨 있었다. 단기라고 해도 아이의 출가는 큰 결심이기에 엄마와 아빠가 가장 많이 고심하고 고민한다고 생각했다. 하지만 선생님들을 뵙고 나자, 아이들을 스님으로 맞이하기 위한 준비와 결심, 다짐 또한 부모의 고민 못지않다는 것을 알 수 있었다. 첫 오리엔테이션의 목적이라고도 할 수 있는 동자승 가족 소개가 이어졌다.

"수원에서 온 김정산 가족입니다."
"여섯 살 쌍둥이 엄마입니다. 저는 아이들이 태어났을 때부터 이날만을 기다리며 만 5년을 버텼습니다. 정말 기다려왔던 시간이 와서 기대됩니다."

"아이 형이 동자승을 했어요. 그때 너무 좋아서 둘째도 보내려고 했는데 코로나로 인해서 할 수 있을까 싶었는데 이렇게 하게

되었습니다. 그런데 정작 아이가 안 가겠다고 해서 고민했는데 막상 때가 되니까 가겠다고 하더라고요."

"아이 외할머니가 엄청 불자셔서 신청하게 되었습니다. 걱정을 많이 했는데 오늘 와서 보니까 잘했다는 생각이 듭니다. 군대 일찍 보냈다고 생각하고 마음 놓고 선생님들을 믿겠습니다."

"주말 부부라서 지금도 아들을 일주일에 한 번밖에 보지 못하는데 동자승을 하면 아이를 3주나 못 보게 되니까 걱정도 되고 고민도 됩니다. 23일 동안 친구들하고 잘 지내서 제 걱정이 정말 기우였으면 좋겠다는 바람이 있습니다. 잘 부탁드립니다."

"고맙게도 아이가 너무 씩씩하게 아빠에게 '나 아기 아니니까 잘 할 수 있어요!'라고 해줘서 아빠의 걱정을 무마시켜주었습니다. 고맙다, 성운아!"

한 가족씩 소개할 때마다 공감의 분위기가 커지며 진한 유대감이 만들어졌다. 오기 직전까지 고민했다는 아빠의 말 한마디에 아빠들은 동시에 고개를 끄덕거렸고, 할 수 있다고 말해준 아이에게 고맙다는 말을 전한 엄마를 향해 엄마들은 한마음으로 박수를 쳤다. 걱정이 기우이기를 바란다는 말에 격한 동의의 물결이 일렁거렸고, 이날만을 기다렸다는 아들 쌍둥이 엄마의 말에는 웃음이

터졌다. 첫 만남에서는 자기소개와 가족이 함께 연등을 만드는 것으로 짧게 마쳤다. 아이와 함께 만든 두 개의 연등 중 하나는 동자승 숙소에 법명을 붙여서 달아놓고, 다른 하나는 집에 가져가는 것이라고 했다. 아이가 없는 동안, 아이를 보듯 연등을 보면서 '함께 응원하고 기도해주세요' 하는 설명을 듣는데 괜히 뭉클한 기분이 들었다.

감동은 사홍서원을 마지막으로 오리엔테이션이 끝날 때까지 계속되었다. 아이들은 선생님들과 엄마와 아빠가 놀랄 정도로 삼귀의와 반야심경 그리고 사홍서원을 의젓하게 해냈다. 예불에 익숙한 아이들도 있고, 예불이 생소한 아이들도 있었을 텐데 까불거리며 수다를 떨다가도 음악이 나오면 아이들은 누구랄 것 없이 예불에 집중했다. 그 순간, 아이들의 얼굴이 마치 천진한 아기 부처님처럼 보였다. 나도 모르게 두 손을 모으고 기도했다. 부디 불보살님들의 가피가 꽃비처럼 내려와 아이들의 인연이 고운 꽃으로 피어나기를. 다음 주, 두 번째 오리엔테이션을 마치면 일주일 후 입방식이다.

인산
스님

봄비가 내리는 토요일, 보리수 새싹학교 동자승 단기출가 두 번째 오리엔테이션이 있었다. 엄마와 아빠는 지난주보다 훨씬 친근하게 인사를 나눴고, 아이들은 만나자마자 엉덩이 씨름으로 힘을 겨루며 꺄르르 꺄르르 난리가 났다. 사실 가족이나 친척과도 일주일 한 번 만나기 어려운데 처음 보는 얼굴을 주말마다 2주 연속으로 만나니 괜스레 반가운 기분이 들기도 했다. 귀한 인연으로 만난 아이들이 도반이 되어 함께 시간을 보내며 경험과 추억을 쌓는다는 것은 아이뿐만 아니라 가족에게도 참 특별한 일이다. 다음 주 입방식과 삭발 수계식에서 다시 만나면 그때는 정말 가족과는 다른 끈끈한 정이 우리에게 생기지 않을까 싶은 생각이 들었다.

휴식 시간에 아이의 발 사이즈를 적은 종이를 선생님께 전달했다. 23일 동안 아이들은 같은 옷과 같은 신발을 신고 지내게 되는데, 운동화와 고무신을 새싹학교에서 준비해주신다고 했다. 엄마들 모두 한 번도 아이에게 고무신 사준 적이 없어서 다들 전전

궁궁했으나 다행히 고무신은 5mm 단위까지 결정할 수 있어서 실내화 사이즈로, 양말을 신고 이용하는 운동화는 평소처럼 한 사이즈 크게 적는 것으로 적당히 타협했다. 고작 신발 하나에 너무 유난인가 싶기도 했으나 모두 진지했다. 아이들은 곧 법복을 맞추기 위한 치수를 재기 위해 다른 방으로 이동했다. 법복을 짓기 위한 치수 재기라니! 발 사이즈를 적어 내면서도 싱숭생숭한데 법복 치수를 잰다고 생각하자 기분이 점점 이상해졌다.

엄마와 아빠만 남은 자리에서 23일 동안의 일정과 프로그램 그리고 준비물에 대한 설명을 듣고 질의응답 시간을 가졌다. 짐을 쌀 때 엄마 혼자 싸지 말고 꼭 아이와 함께 싸라는 선생님의 말씀에 갑자기 실감이 확 났다. 동자승이 되기 위해 입방하는 보리수새싹학교는 엄마가 일방적으로 아이를 보내는 것이 아니라 아이 스스로 선택하고 결정해서 가는 것이다. 그러니 짐을 싸는 것부터 아이와 함께 준비하는 것이 좋다는 선생님의 말씀은 구구절절 옳았다.

궁금했던 것들을 모두 물어보고 난 후, 장소를 옮겨 동자승 프로그램을 책임지고 담당하게 될 법사 스님 두 분 그리고 조계사 행사팀 팀장님과의 면담이 이어졌다. 무엇보다 아이들의 법명이 이미 나왔다는 소식에 가슴이 두근거렸다. 한 명씩 법명을 불러 주시는데, 정말 훈장을 받는 것처럼 나도 모르게 공손한 자세로

귀를 기울였다. 2023년 조계사 동자승 보리수 새싹학교 동자승 아홉 스님의 법명은 '어질 인(仁)'자 돌림으로 어질 인(仁)자에 아이의 이름 한 글자씩 붙여서 지어주셨다. 정산이의 법명은 '인산(仁山)', 동자승을 하는 동안 '인산스님'으로 불릴 것이다. 어질 인(仁), 뫼 산(山) 이 두 글자가 내게는 그 어떤 큰 스님의 법명보다 커다란 울림을 주었다. 엄마들 모두 같은 마음이었으리라.

아기부처

지금
헤어지는 중입니다

두 번째 오리엔테이션을 마치며 초를 두 개씩 사서 아이의 법명을 적었다. 각각 입방식과 환계식 때 부처님께 올릴 초 공양으로 아이의 동자승 법명으로 올리는 첫 공양이기도 했다. 아직은 머리를 깎고 똑같은 법복을 입고 똑같은 고무신을 신고 다양한 활동을 하게 될 아이들의 모습이 아직은 상상이 되지 않았다. 하지만 많은 시간이 남은 것 같아도, 시간은 분명 쏜살같이 지나갈 것이다. 꽃샘추위가 지나고 꽃이 활짝 피고 싱그러운 초록빛이 세상을 가득 채운 화창한 날, 아이는 집을 떠나게 될 것이다.

집을 떠나는 아이를 위해 엄마가 할 수 있는 일은 무엇일까. 공동생활을 위해, 아이 스스로 위해 혼자 해야 하는 일을 가르쳐야겠다는 생각이 들었다. 그중 가장 중요한 한 가지가 바로 그동안 미뤄왔던 화장실에서 대변 뒤처리를 제대로 할 수 있도록 가르치는 것이었다.

"여기, 휴지는 네 칸을 뜯는 거야. 그리고 반으로 접어. 다시 한번 더 접어."

동자승 면접 이후 배변 뒤처리를 가르치는데 매번 속이 타고 뒤집힌다. 아이는 마지못해 느릿느릿 휴지를 뜯다가 결국 찢고 만다. 깨끗하게 뜯을 수 있도록 칸마다 점선이 있는데 어째서 아이의 손에서는 매번 저렇게 엉망으로 찢어지고 마는가.

"일곱 살이면 이제는 할 줄 알아야 해! 유치원에 동생들도 생겼잖아."

치밀어오르는 화를 꾹 참으면서 최대한 담담하고 다정한 목소리로 말했건만 아이는 귀신같이 엄마의 찰나를 눈치챈다.

"엄마 화났어? 화났구나."
"아니? 아닌데?"

나는 과장된 표정으로 고개를 절레절레 흔들며 억지 미소를 짓는다.

"화난 거 맞는데. 엄마는 화가 나면 꼭 그 목소리로 말하잖아."

들켰다. 아이에게 기분을 들키면 진 것 같다는 패배감이 들곤 한다. 지레 뜨끔해진 나는 아이의 말에 제대로 반박하지 못한 채 내 손으로 아이의 엉덩이를 닦아주었다. 내 얼굴 앞으로 엉덩이를 내미는 아이의 표정은 보지 않아도 알 수 있다. 오늘도 응가 뒤처리를 자기 손으로 하지 않고 엄마를 시켰다는 승리감을 만끽하고 있으리라.

처음에는 아이가 제때 응가를 하기만 해도 신통했다. 아이의 응가가 황금색인 날은 기뻐서 날아갈 것 같았다. 기저귀를 차고 벽을 붙들고 혼자 힘을 끙끙 주는 모습조차 기특하고 신기해서 사랑이 흘러넘쳤다. 그러다가 기저귀를 떼지 못하는 것이 점점 초조해졌고, 기저귀를 채우지 않았더니 팬티나 이불에 종종 실수를 반복해 화가 나기도 했다. 그랬던 아이가 처음으로 화장실 변기에서 쉬를 하고 응가를 했을 때, 온 가족이 기립 박수 치던 기억이 떠올랐다. 조금씩 성장해온 아이의 모습이 주마등처럼 머릿속을 스쳐 갔다. 이제 마지막 단계가 남았다. 대변 뒤처리를 스스로 하는 것, 이것이 아이와 화장실에서 치러야 할 마지막 단계이자 마지막 전쟁이다. 헤어지기 전까지 과연 이 전쟁을 아름답게 끝낼 수 있을까. 헤어지기로 결심한 순간부터, 잔소리가 폭풍처럼 늘어난 엄마를 과연 너는 언제까지 참아줄 수 있을까.

엄마보살

아들이
출가를 합니다

입방 이틀 전인 5월 5일 어린이날, 종일 비가 내렸다. 외출 계획이 취소되는 바람에 집에서 아이와 힘껏 놀아주다 보니 오후가 되기도 전에 기진맥진해졌다. 헤어지기 이틀 전이면 애틋할 줄 알았는데, 놀면 놀수록 넘쳐나는 아이의 에너지를 감당하는 것은 역시 무리였다. 문득 혈기 왕성한 아홉 분의 동자 스님과 함께 지내게 될 선생님들에 대한 걱정과 감사의 마음이 솟구쳤다.

헤어짐을 코앞에 둔 5월 6일, 이번에야말로 싱숭생숭하고 복잡 미묘하며 시원섭섭한 아련한 느낌에 젖어서 기분이 몽글몽글해질 줄 알았다. 하지만 이 또한 오산이었다. 아이는 당당하게 라면을 달라고 했고, TV를 마음껏 보겠다고 했으며, 아빠에게 색종이로 8개의 팽이를 접으라고 명령했고, 할머니에게는 갈치와 꽃게를 먹어야겠다고 단호하게 요구했다. 아이의 뜻대로 하루를 보내야 하는 이유는 아주 명쾌했다.

"엄마, 나 내일이면 동자승 하러 가잖아. 그러니까 오늘이 마지막 날이니까 내가 하고 싶은 대로 할 거야. 알겠지?"

우리 그냥 지금 헤어질까 하는 말이 혀끝을 맴돌았으나 간신히 삼키고 라면을 끓였다. 그렇게 긴 이틀이 지나고 마침내 5월 7일 입방식 아침이 밝았다. 오! 부처님, 감사합니다. 양말 세 켤레, 팬티 세 벌, 흰 색 면 티 두 장... 이름표를 착착 붙여서 아이와 함께 간소하게 짐을 챙기는 동안 마음에 바람이 여러 차례 불었다. 오히려 남편은 아이와의 헤어짐을 받아들인 것 같은데 내 마음이 싱숭생숭하다는 것을 들키기 싫었다.

입방식 시간에 맞춰 도착한 조계사에서 동자승 가족들을 만났다. 빨리 가고 싶어 했다는 아이, 갑자기 가기 싫다고 울먹거렸다는 아이, 느닷없이 울컥한 마음이 진정되지 않아 잠을 이루지 못했다는 엄마까지 다양한 사연들이 각자 한 보따리였다. 동병상련의 안도감이 밀려왔다. 순식간에 서로의 일주일이 어땠을지 짐작하고 이해한 엄마들은 웃으며 관음전으로 향했다. 입방식은 짧게 진행되었는데, 마지막 순서는 아이와 엄마와 아빠가 마주 서서 삼배를 올리는 것이었다. 아이에게 삼배를 받고 또 올리면서 이제부터는 품 안의 자식이 아니라는 것이 드디어 실감이 되었다.

관음전을 나온 뒤 힘차게 손을 흔들며 인사를 한 후 마침내 아이와 헤어졌다. 눈물을 보이는 아이도 있었으나 대부분 밝게 웃으며 친구들과 한 줄로 서서 선생님을 따라갔다. 부처님의 품으로 향하는 아이의 발걸음이 씩씩해서 마음이 놓였다. 아이의 뒷모습이 시야에서 사라지자 비로소 기특함과 애틋함이 솟구쳤다. 아이를 두고 돌아온 첫날, 나는 밤늦도록 잠을 설치다가 새벽에야 잠이 들었고 꿀 같은 늦잠을 잤다. 늦잠으로 시작한 5월 8일은 어버이날 선물처럼 느껴졌다. 하지만 이내 단톡방 알림이 시작되었다. 감상에 젖어있을 시간이 없었다. 바로 다음 날인 5월 9일에 아이들의 삭발, 수계식이 있기 때문이었다.

반짝반짝
빛나는

아기부처

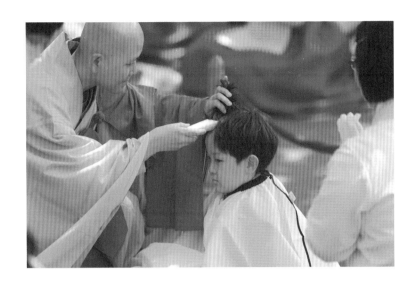

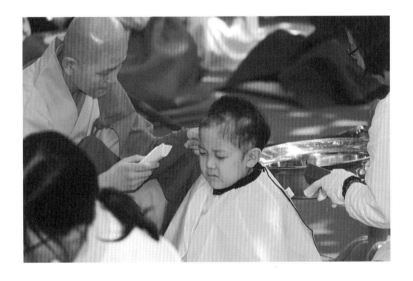

눈이 부시게 환한 햇살이 쏟아지는 화창한 5월 9일, 엄마들은 곱게 단장한 모습으로 조계사 마당에서 다시 만났다. 두 번의 오리엔테이션과 입방식에 이어서 벌써 네 번째 만남이었다. 만남은 네 번째일 뿐이나 아이를 보내놓고 아침부터 밤늦도록 나눈 대화들 덕분에 한결 친근한 마음이 들었다. 아주 귀한 경험을 같이 나누게 될 인생의 도반을 새롭게 만난 기분이랄까.

"우리 울지 말아요. 꼭이요. 엄마가 울면 아이도 운대요. 알았죠?"
"울면 벌금 내기로 해요! 우는 사람 있는지 지켜볼 거예요!"

진한 동지애로 뭉친 엄마들이 대업을 앞둔 사람들처럼 비장한 각오로 서로를 응원하며 자리에 앉았다. 혹시나 눈물을 닦다가 휴지가 얼굴에 붙을까 미리 준비한 하얀 가제 수건을 나눠 가지면서 울지 말자는 다짐을 하는 것이 웃음이 나기도 했으나 마음만은 진심이었다. 이윽고 아이들이 주지 스님과 함께 도착했다.

회색 법복을 입고 하얀 고무신을 신고 나란히 서 있는 아이의 모습을 보자 가슴에 잔잔한 물결이 출렁거렸다. 자잘한 위기의 순간이 있었으나 옆에 앉은 엄마의 손을 꼭 잡고 삭발하는 아이들의 모습을 눈에 담았다. 무엇보다 아이들이 울지 않아서, 오히려 머리를 만지며 환하게 웃는 얼굴에 엄마들도 안심했다.

엄마보살

아기부처

그 어떤 법회보다 거룩한 마음으로, 그 어떤 법회보다 갖춰입은 모습으로 아이의 삭발 수계식을 지켜보았다. 삭발을 마친 후 가사와 장삼을 수하고 백팔염주를 목에 건 동자 스님들을 향해 응원의 박수가 터졌다. 칭찬의 목소리들이 들려오자 동자 스님들은 으쓱한 표정으로 엄마를 바라보며 미소를 지었다. 밤톨 같은 머리를 쓰다듬으며 웃음을 터트리던 아이가 가사와 장삼을 수하고 엄마를 향해 앉았다. 계사 스님과 스님들께 삼배의 예를 올리는 것을 마지막으로 삭발과 수계 의식을 마친 동자 스님께 엄마들이 꽃 공양을 올렸다. 나는 부처님을 처음 뵈었을 때, 떨리는 마음으로 삼배를 올렸던 것처럼 마음을 다하여 아이에게 삼배를 올리며 간절한 바람을 담아서 기도했다.

'몸 건강하게, 즐거운 마음으로, 무탈하게 지내십시오, 스님'
'공양 맛있게 하시고, 잘 주무시고, 해우소도 잘 다녀오십시오, 스님'
'도반 스님들과 재밌게 놀고, 날마다 행복하십시오, 스님'

세 번의 절을 올리며 조금 어색해하면서도 의젓하게 삼배를 받는 모습을 보자 마음이 놓였다. 삭발하고 법복을 갖춰 입은 모습이 정말 멋지고 예뻐 보였다. 이제야 아이가 편안하게 부처님 품 안으로 쏙 들어간 것 같았다. 보리수 새싹학교 모집부터 삭발 수계식까지 석 달간의 여정이 마침내 끝났다.

라면인
건가

5월 10일, 동자승의 엄마가 된 첫날이다. 눈을 뜨는데 뭐랄까. 내가 다시 태어난 것처럼 새로운 기분이었다. 부처님 앞에서 스님들과 많은 대중의 뜨거운 축하를 받으며 스님이 된 아이를 보자 만감이 교차했으나 가장 먼저 든 생각은 '아이가 동자승 하기를 정말 잘했다'는 것이었다. 기쁨과 행복, 웃음과 감동이 가득한 삭발 수계식은 엄마들의 마음에 희미하게 남아있던 불안과 걱정을 모두 없애주었고 그 자리에는 뿌듯한 환희심이 채워졌다.

아이를 보낸 뒤, 동자승 엄마들이 모인 단톡방 알람으로 하루를 시작한다. 불기 2567년(2023년) 대한민국에서 유일무이한 동자승 엄마들이라는 유대감과 함께 저절로 마음이 하나가 되었다. 매일 108배를 하시는 엄마를 보면서 마음으로 함께 기도한다. 아이가 동자 스님이 되고 나자 세상의 모든 아이, 모든 존재에 대한 자비와 사랑의 마음이 흘러넘친다. 무엇이든 해낼 수 있을 것 같은 자신감, 누구라도 진심으로 응원해주고 싶은 에너지가 마구 솟구쳤다. 세상의 모든 존재가 다 존귀하고 아름다워 보인다. 나도 몰랐던 대승의 사랑이 내 안에 있었나 보다. 도대체 이건 무슨 행복일까. 그렇게 거룩한 마음으로 아침을 맞이하는데 조계사에서 전화가 왔다.

"인산 스님이 밥을 잘 안 드세요. 라면을 먹고 싶다고 계속 삐져 계신데, 따로 라면을 드릴 수가 없어요. 일단 라면은 드리지 않겠지만 계속 밥을 안 드시고 라면만 찾으면 다시 전화를 드리겠습니다."

아, 세상의 모든 존재가 다시 빛을 잃었다. 결국, 결국 돌고 돌아서 또! 라면인 건가. 긴 한숨이 나온다. 그래도 이번 기회에 라면을 줄일 수 있게 된다면 그것도 부처님 가피일 것이다. 나무 관세음보살.

너는 눈부시지만
나는 눈물겹다

일곱 살 아이에게 엄마 없는, 아빠 없는 23일이란 어떤 의미와 어떤 경험이 될까. 아이에게도 엄마에게도 엄청난 도전과 경험이 될 것이다. 가슴과 머리와 신경이 온통 동자 스님들에게 향한 엄마들에게 조계사에서 공유해주는 사진은 마치 단비와 같았다.

동자 스님들이 함께 아침 산책하는 사진, 공양하는 사진, 도반들과 장난치는 사진, 체육대회 연습 겸 놀이로 축구를 하는 사진 등이 단톡방에 올라오자 행복은 더욱 커졌다. 마치 막 사랑에 빠진 것처럼 대책 없이 가슴이 두근거리며 설레었다. 동그란 머리부터 하얀 고무신을 신은 발끝까지 똑 닮은 아홉 스님 중에서 우리 스님 찾기는 어려웠으나 그조차도 즐거웠다. 더욱 놀라운 것은 돋보기 없이는 글씨 읽기도 힘들어하는 할머니와 할아버지가 흔들리거나 작게 나온 사진에서도 인산 스님을 단번에 찾아낸다는 것이다. 작은 소식 하나도 가족들은 한마음으로 기다리고 웃고 기뻐하며 기도한다. 가족 간에도 자발적인 화합은 처음 있는 일이다.

날마다 신기한 일이 생긴다.

5월 11일은 동자 스님들이 총무원장 스님을 예방하고 이어서 관불의식을 하는 날이다. 가사와 장삼을 수하고 카메라 앞에서 어엿하게 제 몫을 해낸 동자 스님들은 이날 아주 특별한 선물을 받았다. 신세계푸드 셰프님이 직접 조계사에 와서 요리를 만들어준 것이다. 누구나 사랑하는 짜장과 볶음밥 그리고 사찰식 왕교자와 콩으로 만든 햄이 공양으로 올라왔다. 집에서 자주 먹지 않았던 메뉴라 걱정했는데 인산 스님이 콩으로 만든 햄 두 조각을 맛있게 다 먹고, 셰프님들과 사진까지 찍으며 즐거워했다는 소식을 전해 듣고 깜짝 놀랐다. 편식하던 아이가 새로운 반찬을 맛있게 먹었다는 이야기가 반갑고 즐거웠다.

엄마보살

219

봄바람은
꽃바람

아침에 눈을 뜨면 저절로 웃음이 난다. 광고 같은 표정으로 하루를 시작하면서 가장 먼저 하는 일은 바로 TV를 켜고 휴대전화를 확인하는 것이다. 혹시라도 동자승 뉴스가 있으면 놓치지 않기 위해, 밤사이 조계사에서 올려준 사진이 있으면 조금이라도 빨리 보기 위해, 세상 온화한 미소를 지으면서 침대에서 일어나자마자 스마트폰과 TV 중독자가 된 것처럼 손과 눈이 바쁘게 움직인다.

똑같은 동그란 머리, 똑같은 하얀 고무신을 신고 산책하는 동자 스님들의 사진을 보자 첫사랑에 빠진 것처럼 심장이 두근거리고 가슴에 설렘이 차오른다. 이런 감정이 아직도 내게 남아있었나 싶을 정도로 순수한 사랑과 행복이 쿵쾅쿵쾅 솟구친다. 그리고 이 행복을 아낌없이 동자승 엄마들과 함께 나눈다. 나눌수록 커지는 마법 같은 사랑을 날마다 온몸으로 느낀다.

동자 스님들은 민속박물관에 방문하고 소방 안전 점검을 나온 종로소방서 소방관님들과 안전교육과 함께 물놀이까지 하며 신나는 경험을 했다. 소방관님들의 보호 속에서 물을 맞으며 햇살보다 더 환하게 웃음을 터트리는 스님들의 모습을 사진으로 보면서 덩달아 미소를 지었다. 커다란 소방차의 소방 호스에서 세찬 물줄기가 뿜어져 나오는 모습을 눈앞에서 볼 수 있는 경험을 과연 몇 명의 어린이가 해볼 수 있을까.

동자 스님들은 조계사 도량에 자신만의 꽃을 심으며 텃밭을 가꾸었다. 산책과 꽃 가꾸기는 환계식까지 동자 스님들의 중요한 일과이다. 오후에는 〈삼대가 행복한 하하하 노래자랑〉 무대에서 축하공연을 펼쳤다. 조금은 서툴지만 열심히 율동하는 동자 스님들은 큰 박수를 받으며 앵콜 무대까지 해냈다. 찬불가에 맞춰 춤을 추는 동자 스님들을 직접 볼 수 없어서 조금 아쉬웠으나 감사하게도 앵콜을 외쳐주신 분 덕분에 처음으로 5분이 넘는 영상을 볼 수 있었다. 사회자가 마침 인산스님에게 노래 제목을 묻자 인산스님이 큰 소리로 씩씩하게 대답했다.

"봄바람은 꽃바람"

노래의 제목은 "오늘은 좋은날"이었다. 다만, 노래의 첫 구절이 봄바람은 꽃바람으로 시작했다. 처음 듣는 노래였는데 앞으로의 삶에서 계속 흥얼거리게 될 노래가 될 것 같다.

엄마보살

스승의
은혜

입방 이후 동자 스님들이 조계사에서 보낸 꽉 찬 일주일이 지났다. 아침에는 단정했던 동자 스님들의 머리가 저녁이면 벌써 까맣게 되는 것을 보자 웃음이 났다. 이제는 머리카락이 자라난 것보다 깔끔한 모습이 더 예뻐 보이니 내 눈에 콩깍지가 씐 것인지 우리 동자 스님들이 너무 예쁜 것인지 모르겠다.

입방식 후 딱 일주일째 되는 5월 14일 일요일, 동자 스님들은 다 함께 힘을 모아 타종하고 조계사 유아 법회에 스님의 자격으로 참석했다. 개구쟁이 같은 부분도 여전히 있으나 가사와 장삼을 갖추고 법회를 보는 모습이 조금도 어색하지 않아 보였다. 절을 올리고, 합장하는 스님들의 모습은 의젓함을 넘어 근엄함까지 느껴졌다. 이어서 〈도란도란 가족과 함께 연등 만들기〉에 동자승 가족으로 참여한 사진을 보니 또 한 번 뭉클했다. 다른 아이들이 바로 곁에서 엄마, 아빠와 함께 연등을 만드는 것을 보았을 텐데 누구 하나 엄마, 아빠를 찾지 않고 씩씩하게 잘 해냈다는 소식에 기특해서 그만 발을 동동 굴렀다.

아이 없이 지낸 지난 일주일의 시간이 어떻게 흘러갔는지 모르겠다. 분명한 건 엄마, 아빠 없이 보낸 지난 일주일 동안 아이들은 부쩍 성장했고 계속 성장하고 있다는 것이다. 그것도 아주 멋지게. 아이의 표정에서 드러나는 은은한 자부심과 자신감이 마치 부처님의 미소처럼 근사하게 느껴졌다.

5월 15일, 스승의 날을 맞아 동자 스님들이 주지 스님과 지도 법사 스님들께 절을 올리고 직접 만든 카네이션과 선물을 드리는 사진이 올라왔다. 아홉 동자 스님들을 보살펴주시는 네 명의 선생님과 두 분의 지도 법사 스님들의 모습을 보자 '스승의 은혜가 하늘 같다'는 노래 가사가 저절로 떠올랐다. 아이를 온전히 선생님들과 스님들 그리고 부처님께 맡길 수 있었던 것은 굳건한 믿음이 있었기 때문이다. 스승의 날을 맞아 우리 아이를 보살펴주시고 지도해주시는 모든 스승님께 감사의 삼배를 올렸다. 멀리서나마 아이에게도 삼배를 올렸다. 부모와 떨어져서도 씩씩하게 잘 지내는 아이를 생각하자 자식이 가장 큰 스승이라는 말이 묵직하게 와닿았다. 그래, 아이를 걱정하기 전에 나부터 잘하고, 내 마음부터 잘 다스리자.

경찰청과
놀이공원

5월 16일, 경찰청 봉축법회가 있던 날, 동자 스님들은 총무원장 스님과 함께 경찰청에 방문했다. 나중에 듣게 되었는데, 이날 공연을 잘 마치면 동자 스님들이 원하는 간식과 식사를 약속했다고 한다. 이처럼 달콤한 보상에는 그럴만한 이유가 있었다. 경찰청에서 공연이 있기까지 경승단장인 조계사 주지스님의 봉축사, 총무원장 스님의 법문, 경찰청장의 인사말 등등 동자 스님들은 기나긴 시간을 기다려야 했다.

일곱 살 남자아이 아홉 명이 법회 내내 가만히 앉아서 법문을 듣는다는 것은 기적에 가까운 일이다. 즉, 불가능하다. 그러니 달콤한 보상을 미리 약속한 것이다. 기다림 끝에 무대에 오른 동자 스님들은 누구보다 열정적으로 공연을 펼쳤고, 경찰차 레고와 포돌이, 포순이 인형을 선물로 받은 뒤 그 어느 때보다 활짝 웃었다. 그날 저녁, 동자 스님들은 그토록 바랐던 라면과 채소 김밥 그리고 아이스크림 등을 아주 흡족하게 드셨다고 한다.

엄마보살

경찰청 봉축법회에서 부처님오신날을 멋지게 홍보한 동자스님들은 다음날, 손꼽아 기다렸던 놀이공원을 방문했다. 똑같은 밀짚모자를 쓰고, 인기 최고인 판다 푸바오 캐릭터의 가방을 메고 놀이공원을 누비는 동자 스님들의 모습은 실시간 뉴스로 전해졌다. 동자 스님들의 해맑은 얼굴이 그야말로 반짝반짝하게 빛났다.

5월 18일, 조계사를 방문한 신세계푸드 셰프님들이 선보인 메뉴는 비빔밥이었는데, 인산스님이 무려 세 그릇을 드셨다는 소식을 들었다. 평소 잘 먹지 않던 나물에 미역 줄기 볶음까지 두 번, 세 번 싹싹 비워냈다는 이야기를 듣는 순간, 하늘에서 꽃비가 내리는 것 같았다.

연등 꽃
필 무렵

유네스코 세계문화유산으로 지정된 자랑스러운 우리의 전통 축제 연등회가 4년 만에, 마스크 없이 진행되었다. 입방식 이후 처음으로 동자 스님들이 행렬을 지나가는 모습을 거리에서 '보는' 것이 허락된 날이기도 했다. 가까이 다가가지 말 것, 말 걸기 금지, 스킨십 금지 등 몇 가지 주의사항이 있었으나 그보다는 동자 스님들을 볼 수 있다는 것이 더 중요했다. 동자 스님 가족들은 서로 긴박하게 연락을 나누며 같은 구역에 모였다. 긴 기다림 끝에 동자 스님들이 지나가자 반가움에 방언이 터져 나왔다. 누가 먼저랄 것도 없이 한자리에 모인 동자승 가족들은 스님들의 모습을 발견한 순간부터 달리기 시작했다. 육상 대회에 출전한 것처럼 동자 스님들의 행렬을 쫓아가며 사진을 찍고, 목이 터져라 사랑해요를 외쳤다. 축제를 즐기는 사람들에게 막히면 주저 없이 외쳤다.

"저, 동자승 엄마예요!"

이 말 한 마디에 마치 마법처럼 길이 열렸다. 감동의 눈물이
흐르기도 전, 다시 길을 막는 외국인을 향해 소리쳤다.

"데얼 이즈 마이썬! 마이썬!"

고래고래 소리치는 아줌마의 모습에 눈이 동그래졌던 외국인이 동자승과 나를 번갈아보더니 이내 미소를 지으며 고개를 끄덕인다.

"오! 쏘 큐트!"

나는 가볍게 고개를 끄덕이며 다시 비장의 무기로 준비한 '인산 스님 사랑해요' 현수막을 높이 들고 동자 스님 행렬을 따라 질주했다. 다급하게 헐떡거리는 엄마들과 달리 동자 스님들은 너무도 의젓하게 연등을 들고 때때로 손을 흔들어주면서 길을 걸었다. 그러다 엄마와 눈이 마주치자 옅게 미소를 짓더니 머리 위로 하트를 그린다. 심장이 쿵 떨어지는 것 같은 짜릿함에 몸을 떨었다. 인산 스님의 하트 이벤트에 사람들도 꺄악 소리를 지른다. '아니야, 저 하트는 엄마인 나한테 해준 거야.'라고 속으로만 외치며 나대는 심장을 부여잡았다. 내가 '인산스님 사랑해요'라고 쓴 현수막을 펼치자, 인산스님은 미소를 지으며 하트를 그려주었다. 그것은 마치 부처님이 연꽃을 들자 마하가섭이 미소를 지었다는 이심전심의 순간처럼 감동이었다.

아기부처

육바라밀
연꽃 단팥빵

　　2023년 신세계푸드에서는 부처님오신날을 맞아 박성희 사찰 음식전문가와 협업하여 버터와 우유를 넣지 않은 단팥빵을 한정 판으로 선보였다. 이 단팥빵의 이름은 '육바라밀 연꽃 단팥빵'으 로 동자 스님들은 봉축 동안 이 제품의 홍보모델 역할을 했다.

　　5월 22일, 동자 스님들은 신세계푸드 본사를 방문해 육바라 밀 연꽃 단팥빵을 직접 만들어보는 시간을 가졌다. 일주일에 한 번 조계사에서 만났던 셰프님들을 본 동자 스님들의 얼굴에 반가운 웃음이 가득했고, 단팥빵을 만드는 손끝은 야무졌으며 표정은 사뭇 진지했다. 이날 동자 스님들은 십대제자 빵, 팔정도 빵, 반야 심경 빵 등 여러 아이디어를 적극적으로 냈다고 한다.

5월 23일, 조계사 일주문 앞에서 가사 장삼을 갖춘 동자 스님 들이 직접 만든 육바라밀 연꽃 단팥빵을 들고 있는 사진이 각종 매체에 일제히 공개되었다. 부처님오신날을 맞아 한정판으로 출 시된 제품을 알리는 홍보 요정의 역할을 멋지게 수행하는 모습이 기특하고 자랑스러웠다. 조계사 일주문 앞에서 가사 장삼을 수하 고 직접 만든 육바라밀 연꽃 단팥빵을 손에 들고 찍은 사진이 각 종 매체에 같은 날 일제히 공개되었다. 홍보는 대성공이었고, 반 응은 폭발적이었다. 이마트에서 한정판으로 선보인 육바라밀 연 꽃 단팥빵은 완판, 매진을 기록했다.

홍보를 마친 동자 스님들은 삼성화재 맹인 안내견 학교를 방 문했다. 훈련소에서 간단하게 안내와 교육을 받고 안내견과 함께 걷는 체험을 했다. 동자 스님 또래의 어린 강아지부터 베테랑 안 내견까지 모두 만나본 동자 스님들이 이 특별한 경험을 통해 부처 님의 자비와 사랑, 평화의 가르침에 한 걸음 다가서지 않았을까 싶은 생각에 마음이 뿌듯해졌다.

엄마보살

내일은 축구왕,
동자스님은 숏돌이

동자 스님들이 축구 연습하는 사진과 동영상이 올라왔다. 체육대회를 위한 훈련 겸 놀이인데 공을 차는 모습과 달리기하는 모습이 점점 자세가 잡혀간다. 동자승 엄마로서 가만히 있을 수가 없어서 현수막을 맞췄다. 몰래 맞춘 현수막의 문구 '조계사 막내아들' '부처의 후예' '응원? 엄청나지!' '나 지금 되게 신나' 등이었다.

5월 24일, 동자승팀과 선재 어린이집 팀이 조계사 도량에서 제1회 조계사 천진불배 어린이 축구대회 '내일은 축구왕' 경기를 펼쳤다. 마음껏 응원하는 것이 허락된 이 날, 엄마들은 온몸을 불사를 각오로 조계사로 향했다. 가족을 동원하고, 각종 현수막과 필살 응원 도구까지 야무지게 챙겨온 우리는 마치 2002년으로 돌아간 것처럼 한마음으로 동자승팀을 응원했다. 경기는 시종 결승전에 승부차기까지 해야 할 정도로 치열한 접전이었고, 마침내 동자승 팀이 단 1점 차이로 정정당당하게 승리를 차지했다. 대회가 끝나고 나서도 열기가 가라앉지 않을 정도로 흥분한 나는 집에서 기다리고 있는 남편에게 경기 내용과 승리의 순간을 몇 번이고 자세하게 묘사하느라 목이 다 쉬어버리고 말았다. 그래도 좋았다. 승리의 기쁨은 정말 짜릿했다.

잊을 수 없는
봉축법요식

지금까지 이런 부처님오신날은 없었다. 교계의 모든 소식에 귀를 쫑긋 세우고 스쳐 지나가는 뉴스에도 일희일비하는 나날이 계속된다. 몸은 집에 있어도 온 신경이 동자 스님을 향한다. 아침 7시, 불교 뉴스를 보기 위해 알람을 맞춰서 일어나고 인터넷 검색은 물론 SNS와 유튜브까지, 작은 소식 하나라도 놓칠세라 보고 또 보기를 하루에서 수십 번이다. 잠드는 순간까지 스마트폰을 손에서 내려놓지 못하고 눈 뜨자마자 TV부터 켜는 생활이 피곤할 만도 한데 오히려 기쁘고 즐겁다. 부처님의 가피일 수도 있고 어쩌면 아이와 몸으로 부대끼지 않으니 몸의 피로감이 덜어졌기 때문인지도 모른다.

봉축법요식이 있던 날, 동자승 가족들은 배정된 자리에 앉아서 법회를 볼 수 있었다. 감로수 같은 단비가 내린 이 날, 동자 스님들이 등장하는 모습을 지켜보는데 순간 말로 표현할 수 없는 감동이 솟구쳤다. 법요식 내내 둘째 줄에 앉아서 법회에 동참한

동자 스님들의 뒷모습을 지켜보면서 동자승과 동자승 엄마로 법
요식에 참석한 오늘이 어쩌면 생애 처음이자 마지막이 될지도 모
르는 아주 특별한 부처님오신날이 되리라 확신했다. 세월이 지난
후에도 가끔 이날을 떠올리며 추억할 수 있게, 이 감동을 오랫동
안 간직하고 싶다.

5월 28일, 아홉 동자 스님의 엄마들이 조계사 관음전에 다시
모였다. 동자승 환계식은 부처님오신날 다음 날이 관례였다.
동자승 자체가 수행체험이자 부처님오신날을 널리 알리 홍보대

아기부처
242

사이기 때문이다. 하지만 조계사의 특별한 배려로 환계식 하루 전, 아이와 함께 템플스테이에서 하룻밤을 보낼 수 있었다. 아이가 생활했던 곳을 함께 보고, 아이가 만든 작품을 감상하며 아이에게 직접 설명을 듣고, 법당에서 함께 삼배를 올리고, 함께 차를 마시고, 명상을 체험하고, 함께 자고, 함께 눈을 뜨고, 아홉 동자 스님들이 입을 맞춰 공양게를 외우는 소리를 듣고, 함께 산책하는 모든 순간이 꿈처럼 환희로웠다. 스님인 아이의 모습을 곁에서 함께한 것은 동자승 엄마만이 누릴 수 있는 최고의 가피이자 선물이었다.

환희로운
회향

5월 29일 아침, 마지막 공양을 마친 후 만발 공양간의 보살님들과 동자 스님들은 마지막 인사를 나누었다. 편식하던 동자 스님이 점점 공양을 잘하시는 모습, 아토피가 있던 동자 스님의 피부가 환해지는 모습을 매일 지켜보시던 공양주 보살님들은 달려와 품에 안긴 동자 스님들을 안아주며 눈물을 보였다. 나 역시 울컥 올라온 감사한 마음이 눈물로 흘러나왔다. 진한 감동과 아쉬움 속에서 공양주 보살님들과 인사를 마치고 관음전으로 돌아온 후 우리는 절차에 따라 잠시 헤어졌다.

동자 스님들은 선생님들과 지도 법사 스님들의 가르침에 따라 다시 스님의 모습으로 돌아갔고, 엄마들은 환계식이 준비된 대웅전에서 스님들을 기다렸다. 하룻밤 아이와 함께했을 뿐인데, 이제 곧 다시 만나는데 그 잠깐의 헤어짐이 낯설었다.

이윽고 아홉 동자 스님들은 차례대로 수료증을 받고, 승복을

벗은 뒤 가사와 장삼을 넣은 상자를 조계사에 반납하고 힘찬 박수와 뜨거운 환호, 벅찬 감동 속에서 환계식을 마무리했다. 그 순간, 천신과 보살, 인간과 모든 세간이 함께 기뻐했다는 경전의 마지막 구절이 바다처럼 흘러들어오는 것 같은 행복과 만족이 나를 가득 채웠다. 참으로 환희로운 회향이자 새로운 시작이었다.

여법하고 환희로운 환계식을 마친 후 동자승 가족들은 한 자리에 모여 소감을 나누는 시간을 가졌다. 가족을 만나 한껏 신난 아이들의 목소리에 귀가 얼얼했으나 웃음이 끊이지 않았다. 기쁨, 안도, 감사함, 감동, 사랑, 우정, 용기, 희망 등 불보살님이 주신 모든 긍정의 감정이 모여서 그 순간, 우리 모두 환하게 빛났다.

아이의 동자승 단기 출가는 끝이 났으나 불자로서, 엄마로서 나의 삶은 새롭게 시작되는 느낌이다. 단출했던 나의 부모이력서에 '동자승으로 단기 출가했던 인산스님의 모친'이라는 중요한 한 줄이 추가된 것이다. 앞으로 우리가 어떤 엄마와 어떤 아들이 될지 아직은 모르겠지만 한 가지는 확실하다. 네가 집을 떠나있는 동안 너를 기다리면서 엄마는 참 많이 행복했다고, 엄마는 너를 아주 많이 사랑한다고 말해줄 것이다. 23일 동안, 동자승을 원만하게 마치고 돌아온 아이에게 무량한 고마움과 사랑의 마음을 전한다.

아기부처 엄마보살

ⓒ 2024 조민기

초판 1쇄 인쇄 2024년 8월 10일
초판 1쇄 발행 2024년 8월 31일

글·사진 조민기

펴낸이 김윤희
기획 김윤희
사진 조민기 제공
디자인 김지영

펴낸곳 맑은소리맑은나라
주소 부산광역시 중구 대청로 126번길 18 동광빌딩 501호
전화 051-255-0263 **팩스** 051-255-0953
이메일 puremind-ms@hanmail.net
출판등록 2000년 7월 10일 제 02-01-295 호

ISBN 979-11-93385-06-7 (03810)
값 20,000원